作家榜®经典名著

★ ★ ★ ★ ★ ★ ★ ★

读 经 典 名 著 ， 认 准 作 家 榜

美丽的约定

[法]阿兰·傅尼埃 著
李棣华 译

浙江文艺出版社
Zhejiang Literature & Art Publishing House

阿兰·傅尼埃（摄于 1905 年）

我寻找着通往梦想之地的钥匙，可或许找到的只是死亡。

Je cherche la clef de ces évasions vers les pays désirés,

et c'est peut-être la mort après tout.

H. Alain-Fournier

主要人物图表

弗朗兹·德加莱

奥古斯丁·莫纳

弗朗索瓦·索雷尔

索雷尔先生

瓦朗蒂娜·勃隆多

伊沃娜·德加莱

弗朗索瓦·索雷尔	本书叙述者，大个儿莫纳的挚友
索雷尔先生	弗朗索瓦之父，小学校长
米莉	弗朗索瓦之母，小学教师
奥古斯丁·莫纳	本书男主人公
莫纳太太	奥古斯丁·莫纳之母
雅斯曼·德卢什	莫纳的同学
穆什伯夫	莫纳的同学
伊沃娜·德加莱	莫纳的妻子，本书女主人公
弗朗兹·德加莱	伊沃娜之兄
德加莱先生	伊沃娜和弗朗兹之父
加纳什	吉普赛人，弗朗兹的伙伴
德卢什寡妇	雅斯曼·德卢什之母
迪马	雅斯曼·德卢什之叔
瓦朗蒂娜·勃隆多	弗朗兹·德加莱之妻，一度成为莫纳的爱人
弗洛劳坦	弗朗索瓦·索雷尔的伯父
朱莉	弗朗索瓦·索雷尔的伯母
菲尔曼	弗洛劳坦和朱莉的儿子
玛丽·路薏丝	弗洛劳坦和朱莉的女儿
穆瓦内尔	弗朗索瓦·索雷尔的姨婆

目录 contents

第一部

第二部

第三部

H. Alain-Fournier

第一部

第一章　寄宿生

他是在一八九几年十一月一个星期天到我们家的……

我现在仍旧说“我们家”，其实这个家早就不是我们的了。我们“离乡背井”已经一十五载，而且肯定永远也不会再回去了。

当时我们住在圣·阿加特完全小学的校舍里。学校的高级班的培养目标是小学师资[1]。这个高级班以及中级班都由我父亲执掌教鞭；我和所有其他学生一样，都管他叫索雷尔先生。低级班则由我母亲负责。

学校坐落在集镇的边缘。五叶地锦树下现出一座长长的红房子，五扇房门全都镶有玻璃；宽阔的院子附设风雨操场和洗濯间。前面的大门向村子洞开；朝北的方向有一

1　法国小学为六年制：两年预备班，两年初级班，两年中级班。高级班实际上是初中，十九世纪时某些小学附设高级班，可以培养小学师资。

扇小栅栏，外边就是公路，一直通到三公里外的车站；南面以及校舍背后全是田野、花园和草地，它们的边缘和集镇的郊区相连……以上就是我的住所的简略的草图。

我一生中最动荡不安的、最可珍惜的日子就是在这里度过的，我们的种种奇遇也是从这里开始，又退回到这里，就像海浪拍礁，去而复返。

偶然的“工作调动”，学监或省长的一道命令，使我们到了这个家。那是好久好久以前的事，假期快结束时，我和母亲坐在前面一辆大车上，后面随着行囊家具，来到了这里。我们在生锈的小铁栅栏门前下了车。一些正在园中偷摘桃子的小孩悄悄地从篱笆的窟窿里溜走了。

我母亲——我们大家都管她叫米莉，她也是我所知道的治家最有方的主妇——马上走进堆满尘草的屋子。如同前几次搬家一样，她一眼就明白我们的家具在这所破烂的房屋里是怎么也放不下的，心中不免十分失望。她返身出来向我诉苦；她一边诉说，一边用手绢在我风尘仆仆的稚嫩的脸蛋上轻轻地拭擦，然后又回到屋里去，计算着要使房屋能重新住人，需要堵塞多少窟窿……我留在外边，头上戴着系有绸带的大草帽，站在这个陌生的院子的沙砾地上等着，或者到敞棚下、井台边慢吞吞地转悠。

我今天想起来，我们初到时的情景至少就是如此。因为每当我要追忆我在圣·阿加特的院子里第一个晚上是如何等候人的，我记起来的往往是其他等候人时的情景：我往往想起，我两只手拽住大门的铁条，焦急地等着某个人从大路上下来；每当我要追忆起我在顶楼里——二层楼好些谷仓间的居中的一间——是如何度过第一个夜晚的，我往往记起另外几个夜晚；我记得我在房间里不是孤独一人，另有一个高大的身影沿着墙壁踱来踱去，他忧心忡忡，但热情友好。学校、马丁大爷的田地、他的三棵核桃树，还有每天下午四点钟开始来找老师的妇女们占满了院子……

可是在我的脑海之中，所有这一切升平世界又被别的景象所搅乱，所改变。这些景象，当时激荡着我们少年的心灵，今天虽然事隔多年，仍使我们无法平静。

其实，当莫纳来到的时候，我们在当地已经整整住了十个年头了。

我当时已有十五岁。那天是十一月份的一个寒冷的星期天。秋天乍冷，使人感到冬日的来临。整整一天，米莉等着火车站发来的马车，因为人家要替她捎来一顶御寒的帽子。早晨，她没有去做弥撒。我和唱诗班的孩子们坐在一起，焦虑不安地朝钟楼方向张望，想要看到她戴着新帽子进来。可一直等到讲道开始[1]，也没有见到她的踪影。

下午，我还得独自一人去做晚祷。

为了宽慰我，母亲一边用刷子替我刷童装，一边对我说：“这顶帽子即使已经送来了，我也许还得花整个星期天的时间来改制它。”

我们的星期天经常是这样过的：一清早，我父亲就走得远远的，到某处迷雾笼罩的池塘边，坐在小船上钓白斑鱼去了；我母亲则退居到光线暗淡的卧室里缝补旧衣裳，直到天黑。她设法躲开别人，把自己关在房间里，主要是害怕她的某位朋友会看到她的寒碜相，尽管这位太太可能和她一样清贫，但却和她同样高傲。所以我每每做完晚祷回来，还得在冷冰冰的餐厅里看书，直到她打开房门，把缝好的衣服穿给我看。

但是这个星期天的晚祷后，教室外边颇为热闹，致使我迟迟不肯回去。门厅下举行的洗礼仪式吸引了许多孩子[2]；教堂外边的广场上，有好些镇上的人穿着消防队员的上衣，他们架起枪支，因冻得发抖而不断地跺脚，正在聆听队长布雅东的训话，在军事理论上他是越讲越糊涂，使

1 讲道开始前赶到教堂做弥撒，不算迟到。讲道一开始，很少有人再进教堂，而宁可做下一场弥撒。

2 孩子在接受洗礼前还不是教徒，不能进教堂，所以仪式要在教堂外的门厅里举行。洗礼仪式后要发糖，所以孩子们等着。

人不知所云……

洗礼的钟声，就像是节假日的铃声因为搞错了日期和地点，戛然停止了。布雅东和他手下的人，斜背着武器，带着水泵，小跑步地走开，跑到第一个拐弯处，就看不见了，只是后边跟着四个默不作声的孩子，他们宽大的鞋底踩着铺霜大路上面的小细枝。我没敢跟着他们跑。

这时，整个集镇只剩下达尼埃勒咖啡店还有点生气，我隐约听到里边顾客时高时低的谈论声。于是，我挨着把我们家和村庄隔开的大院子的矮墙，回到了铁栅栏。时间已经很晚，我的心中有点忐忑不安。

小铁栅栏门半掩半开着，我一眼就看出有桩不寻常的事情发生了。

果然，餐厅的房门口——朝院子开的五扇嵌玻璃的门中最近的一扇——一个灰头发的妇女正侧着身子，想透过帘子向里张望。她个儿不高，戴着一顶老式的黑绒风帽，面庞瘦削而秀气，但忧心忡忡，若有所失。我自己也不知道究竟有什么好怕的，反正我一瞧见她，就在铁栅栏前第一级台阶上停住了脚步。

“他会到什么地方去呢？我的天哪！”她压着嗓门说，“他刚才还在我身边。他已经围着房屋转过一圈了。他大概溜走了……”

她每说一句话，就在方玻璃上轻叩三下，轻得几乎听不到声音。

谁也没有跑来给这位陌生的女客开门。米莉大约已经收到火车站送来的帽子，正在红房子的最里端，什么也没有听见。她大概待在撒满了旧绸带和变直了的羽毛的床前，把这顶值不了几个钱的帽子拆了又缝，反复摆弄……

果然不出我的所料，当来客紧跟着我走进餐厅，我母亲就出现了，双手还扶着头上帽子上那些尚没有摆合适的铜色线、绸带和羽毛……她向我微笑着，蓝色的眼睛因为在黄昏时刻还在干活而显得疲乏。她叫道：

“瞧！我正等着给你看……”

但是当她一瞧见这位妇女坐在餐厅靠里的大椅子上，便马上住口，神情很是尴尬。她赶紧脱掉帽子，把它翻转过来，弯起右胳膊，一直把它像只鸟窝似的贴在胸口。

那个头戴风帽的妇女，两膝之间夹着一把雨伞和一只皮拎包，开始讲述她的来意。她微微地摇晃头脑，鼓动舌簧，俨然像个来做客的女宾。她已经恢复了常态。当她一讲到她儿子，样子就显得高贵而神秘，使我们颇为好奇。

他们俩都是从圣·阿加特十四公里以外的拉费泰·当齐荣坐车来的。她是个寡妇，按她自己的说法还挺有钱；她的小儿子安托尼一天晚上从学校回来后死了，因为他和他哥哥在一个肮脏的池塘里游了泳。她决定让她大儿子奥古斯丁到我们这里来寄宿，以便学完高级班的课程。

接着，她马上把她带来的寄宿生大加称赞。我一分钟前在门口看到这位灰头发妇女时，她还弯着身子，失魂落魄，像只丢了野雏的母鸡哀求怜悯，而现在已经完全变成另一种人了。她对儿子大加赞赏的一切，真令人吃惊：儿子喜欢讨她好，有时光着脚丫子，沿着河边走好几公里，把丢在水草里的水鸡蛋和野鸭蛋捡来给她……他也撒鸟网……有一天夜里，他还在林子里一把抓住了一只野鸡的颈子……

我这个人胆小得连外套上被钩个小洞都不敢回家，不禁惊奇地望着米莉。

但我妈妈已经什么都听不进，还让那位太太也别吱声；她把手里的“鸟窝”放在桌上，轻手轻脚地站起来，仿佛要走出去看看究竟有什么人……

果然，我们听见上面有陌生人的脚步声，在堆放去年七月十四日[1]放烟火用具的小间里踱来踱去，震得天花板咚咚作响，脚步声还穿过楼上几间阴暗宽敞的谷仓间，最后朝无人居住的、用来晾干木板和放熟土豆的配间的方向消失。

米莉低声说：“刚才我就在底层的房间里听到过这个声音，我以为是弗朗索瓦你回来了……”

1　七月十四日是法国国庆日。

谁也没有答话。我们三个人都站着，心里怦怦地跳；突然顶楼通到厨房楼梯的门打开了，有一个人走下梯级，穿过厨房，来到餐厅阴暗的进口处。

“是你，奥古斯丁？”太太说。

来的人是个十七岁模样的大男孩。黄昏来临，我第一眼看到的只是他那顶戴在后脑勺的农式毡帽，黑色的上衣，腰部束着一根小学生常用的皮带。我也依稀辨出他在微笑……

他一眼瞧见我，还没有等到别人问他干什么来着，就先开了口：“你到院子里来一下好吗？”

我迟疑了一秒钟。米莉没有拦我，我就拿起帽子，朝他走去。我们从厨房出去，走到风雨操场，那里夜幕也已降临。在落日的余晖中，我一边走，一边看到他鼻正脸方，唇带茸毛。

“我在你的顶楼里找到了这些玩意儿，”他说，“你从来没有在那儿瞧过？”

他手里拿着一只已经发了黑的木轮子，周围绕着一根破碎了的烟火导线：这也许是七月十四日放的太阳或月亮烟火。

他说：“有两支烟火没有放出去，我们现在还可以点。”他说这话时很平静，他的样子似乎希望下面能有场好戏可看。

他把帽子往地上一扔，我看到他像农民一样头发剃得平平的。他给我看两支烟火，上面还带着一截纸做的引火线；它是被火烧断后发黑，并被扔掉的。他把木轮的轮毂埋在沙子里，从口袋里拿出一盒火柴——这一点我十分吃惊，因为我们这儿是绝对禁止的——小心翼翼地蹲下去，把导火线点着，然后拽着我的手，使劲把我往后拉。

一会儿以后，房门开处，莫纳的妈妈跟着我的妈妈，两人一齐走了出来；她们已经商量好寄宿的费用；随着"嗤"的一声，只看见两束红白相间的火星，从风雨操场凌空而起；妈妈在一刹那间，看见我在奇光异彩中踮着脚，拉着新来孩子的手，一动也不动……

这次，她还是没说什么。

晚上，吃晚饭时，我们家的饭桌上多了一个闷声不响的伙伴。他光是低着脑袋吃饭，也不管我们三双眼睛正一齐盯着他。

第二章　四点钟以后

到那时候为止，我很少和镇上的孩子在街上跑。我患髋关节结核病一直到一八九几年，这使我十分不幸，并变得胆小怕事。我现在还记得当年可怜巴巴地瘸着一条腿，在房屋四周的小路追赶灵敏的同学时的情景……

所以家人很少让我出门。米莉虽然很疼我，但我记得她不止一次狠狠地打过我的耳光，强迫我回家去，因为她撞见我单脚跳着和村里的孩子们在一起玩。

奥古斯丁·莫纳来的时候，凑巧我的病也治好了，这使我的生活有了新的开端。

他来之前，四点钟一放学，我的寂寞长夜便开始了。我父亲把教室炉子里的火移到家里餐厅的壁炉里去，慢慢地，冰冷的学校只剩下几缕青烟在缭绕；迟迟不归的最后几个同学也相继离去，只是院子里还有人在做做游戏，奔跑跳跃。接着黑夜就降临了，负责打扫教室的两个学生在敞棚里拿起他们的披风和兜帽，手里挎着篮子，匆匆地走了，随那院子的大门敞开着……

所以，只要有一线阳光，我就待在镇公所，关在档案室内，里边满是死苍蝇和随风飘摇的招贴画。我坐在一张旧的摇椅上，靠近朝花园开的窗口看书。

一直等到天黑，附近农庄的狗开始吠叫，我们家厨房的方玻璃窗透出光亮，我才回家。那时我妈妈已开始准备晚餐；我登上通往顶楼的楼梯，在第三级阶梯上一声不响地坐下来，脑袋靠在楼梯扶手冰冷的木条上；烛火在狭小的厨房里晃晃悠悠，我望着妈妈在那儿生火做饭……

但是现在来了一个人：他把一个安静的孩子的这些生活乐趣全给冲掉了；他吹灭了母亲低头准备晚餐时为我照亮她慈祥面容的烛光；他关熄了我们幸福家庭的灯盏——每天晚上我父亲把木板挂在门玻璃窗上之后，我们都聚集在这盏灯的四周。

这个人，就是奥古斯丁·莫纳，别的学生不久就叫他大个儿莫纳。

自从他成了我们家的寄宿生以后，也就是说自从十二月最初的日子开始，学校下午四点以后不再是空无人影了。放学以后，尽管弹簧门里透进冷风，尽管值日生吵吵嚷嚷，水桶乒乓作响，教室里总有二十来个大孩子，既有镇上的，也有乡下的，紧紧地围在莫纳的周围。他们长时间地商讨，没完没了地争论。我也跻身其间，心中既忧又喜。

莫纳一句话也不说。但总有一个爱讲话的人走到孩子们中间，专门为了莫纳而滔滔不绝地叙述他们如何偷庄稼，还不断地让他的伙伴们轮流给他作证；这些伙伴也大声称是；其余的人则听着他讲，咧着大嘴，默默地笑。

莫纳坐在一张课桌上，晃荡着两条腿，思考着。动听的时候，他也微微地笑，好像他只能为某则最美妙的故事才肯爽朗地笑出声来，而这则故事只有他一个人才知道。等到夜幕降落，教室方玻璃透进来的微光照不清这群年轻人的脸庞时，莫纳突然站起身来，穿过密密的人圈，叫道：

“走，上路！”

于是，大家都尾随他出去。一直到黑夜，在镇上的高坡上，人们只听到他们的一片呐喊声。

我现在有时也跟着他们跑。挤牛奶的时候，我跟着莫纳到镇郊的奶牛场去……我们也逛商店。镇上的织布工在他布机的两声喀嚓声之间，在黑咕隆咚的深处嚷道：

“大学生来了！”

一般的情况下，吃晚饭的时候，我们在离学校不远的德斯努那里。他是个车匠，同时也是个铁匠。他的铺子原先是爿旅店，双扉的大门老是敞开着。人们从街上就能听到炼铁炉的风箱呼呼地响。在煤炭火光的映照下，人们有时可以看到一些乡下人，他们停了车，在这块暗淡而又叮当作响的地方聊天，或者有些像我们一样的学生，背靠在门板上，一声不响地瞧着。

大约圣诞节前八天，一切都从这儿开始了。

第三章 “我到藤制品商店去”

雨下了整整一天，到傍晚才止住。白天真是没劲透了。课间休息的时候，谁也没有走出去；人们听到我父亲索雷尔先生在教室里不时地叫道：

“你们这帮捣蛋鬼，别这么搞破坏好不好？”

最后一次休息之后，或者按照我们的说法，最后的“一刻钟”之后，索雷尔先生一边在来回地踱着步，一边思考着，他蓦地站定了身子，把戒尺在桌上重重地敲了一下，让临下课前因为厌烦而发出的模糊不清的乱哄哄的声音停下来。在众目睽睽的一片寂静之中，他发问道：

“谁明天和弗朗索瓦一起乘马车去接夏庞蒂埃先生和太太？”

他说的是我的外祖父母：外祖父夏庞蒂埃是位退休了的护林工。他老披着件灰羊毛织的呢斗篷，戴着他自称为制服帽的兔毛软帽……小孩子们都认识他。天天早晨他提一桶水洗脸，按照老兵的办法，似擦非擦地把水搅得稀里哗啦。孩子们围成一圈，反剪着两手，尊敬而又好奇地瞧着他……孩子们也认识夏庞蒂埃外祖母，知道她是个头戴着编结起来的风帽、个儿矮小的农妇，因为米莉至少曾带她到低班教室去转过一次。

每年圣诞节前几天，他们都乘四点零二分的火车来，我们到车站去接他们。他们带着许多分成小包、装在袋子里的栗子和圣诞食物，穿越整个省份来看我们。每当他们这一对衣服穿得厚厚的人微笑着又有点迟钝地跨进房屋的门槛，我们立即把所有的门都关好。快乐的一周开始了……

为了用马车送我去火车站把他们接回来，需要一个办事认真的人，不致把我们翻到沟里去；这人还要脾气好，因为夏庞蒂埃外公动辄就会骂骂咧咧，而外婆则又十分饶舌。

一听到索雷尔先生的问题，十几个嗓门一起喊着回答：

“大个儿莫纳！大个儿莫纳！”

可是索雷尔先生只当没有听见。

于是大伙儿嚷道：“弗罗芒坦！”

另一些人喊：“雅斯曼·德卢什！”

罗瓦家最小的兄弟，有时会骑在母猪背上向田野奔驰而去；他也尖着嗓门喊道：“我去！我去！”

迪特朗勃莱和穆什伯夫只是羞答答地举起了手。

我希望让莫纳去，这样我们可以一起乘着驴车作短途旅行。这可是件大事。他也非常想去,但他假装不屑一问。所有年岁大的学生都和他一样，已经坐在桌子上，头朝后，两只脚踩在长凳上。我们在大休息的时候或高兴的时候都是这么干的。高兰把外套脱掉围在腰带的周围，抱着支撑教室房梁的大铁柱，开始往上爬，以表示他的高兴劲儿。但是索雷尔先生在众人头上泼了一盆冷水，说：

“得了，就让穆什伯夫去。”

大家不声不响地回到各自的座位上去。

下午四点钟,我单独和莫纳待在大院子里。大雨过后,院子地上被冲刷成沟，并已结冰。我们两人相对而立，默默无言，眺望着被大风吹干的闪光的集镇。

过不久，小高兰戴着小风帽，手里拿着一块面包，走出家门。他贴着墙壁，吹着口哨，走到车铺门口。莫纳打开大门，喊他过来。过了一会儿，我们三个人来到红光四射、热气腾腾的铺子里端坐了下来。有时候，阵阵朔风突然直吹进来。高兰和我坐在炉子边，两双泥脚伸在白色的刨花之中;莫纳的双手插在口袋里，身子靠着进门的门扇，默不作声。间或，街上一位本村的太太从肉铺出来，打这儿经过，因风势猛烈而低着脑袋；我们抬起头来看看究竟是谁。

谁也没有说话。掌柜铁匠和他的伙计,一个拉着风箱,另一个管打铁，巨大的身影投在墙上，轮廓极为分明……我回忆起来，这天晚上是我少年时代一个重要的夜晚。我当时的心情是又喜又忧：忧的是我怕我的好伙伴会使我失去乘车到火车站去这一小小的乐趣；然而，我尽管不敢承认，心里却期望他策划一个重大的行动，把一切都搅乱。

每隔一段时间，铁匠铺里平稳的、有节奏的劳动暂停片刻，铁匠让锤子落在砧子上，发出重而脆的弹击声。他把正在加工的铁器移近自己的皮围裙瞅瞅，接着他又抬起头来，实际上是想喘口气，跟我们说："怎么样，年轻人，好不好？"

伙计也把右手悬在空中，拉着风箱的链子，左手的拳头按住自己的腰部，笑眯眯地看着我们。

然后，震耳欲聋的捶打声又开始了。

有一次休息时，人们透过弹簧门看见米莉紧裹着头巾，拿着几只小包，在大风里走过。

铁匠问道：

"是不是夏庞蒂埃先生快来了？"

"明天，"我回答说，"和我外婆一起乘四点零二分的火车来。我坐马车去火车站接他们。"

"你大概乘弗罗芒坦的车？"

我马上回答：

"不，乘马丁大爷的车去。"

“喔！那你们就回不来了。”

说着，他和他的伙计两个人相顾笑了起来。

伙计慢条斯理地讲话，以便引起我们的注意：

“要是用弗罗芒坦的牝马，可以到维埃尔宗去接他们。火车在那儿要停上一小时。维埃尔宗离这里十五公里，等回到这儿的时候，马丁的驴还没有套上车呢！”

另一个说：“可不！那才是走道的牝马！……”

“我看弗罗芒坦会一口答应把牝马借出来的。”

谈话到此结束了。铁匠铺又变成了火星四溅和响声不绝的地方，每个人都沉入自己的遐想之中。

该回去了。我站起身来向莫纳打了个招呼，他一开始没有看见我，只是沉着脑袋，身体靠在门上，似乎被刚才听到的话深深地吸引住了。他陷在沉思之中，仿佛透过几十公里的浓雾张望着这些平和的人在劳动。我看到这种情况，蓦地想起鲁滨逊·克罗梭[1]的画像。在这幅画里，他还是英国少年，出发远航之前，“经常到一家藤制品商店去”……

从此以后，我经常想到这点。

1　鲁滨逊·克罗梭是十八世纪英国著名作家笛福所著《鲁滨逊漂流记》的主人公。

他陷在沉思之中，
仿佛透过几十公里的浓雾张望着这些平和的人在劳动。

第四章　逃逸

第二天下午一点钟，大地一片冰冻，高级班教室在冰天雪地中宛如海洋中的一叶扁舟，非常亮堂。这里不像在渔船上，闻不到盐卤和污油味，能嗅到的只是炉子上传来烤鲱鱼的香味，以及从外面回来烤火的人因为离火太近，衣服上的羊毛烤煳的气味。

学年即将结束，作文本子已经发了下去。当索雷尔先生在黑板上抄写练习题的时候，教室里就不太平静了，时常有窃窃私语声，压低了嗓门的喊叫声，以及为了吓唬邻座而只说几个字的告状声：

“先生！某某他……”

索雷尔先生手在抄题目，心里却在想旁的事情。他时而回过头来，向大家扫一眼，神态既严厉又茫然。于是吵嚷之声完全停止了，但一秒钟之后又悄悄地开始了，很像是猫儿在咕噜。

在这一片喧闹之中我默不作声，坐在幼年组的桌子后边，紧靠着大窗户。我只要稍稍竖起身子就可以把花园，下边的小溪，然后是田野的景色尽收眼底。

每隔一段时间我踮起脚尖，焦灼不安地向美星农场方向眺望。一开始上课，我就发现莫纳中午休息之后没有回来。他的邻座想必也早就发现；但是，他忙于书写作文，还什么也没有说。只要他稍一抬头，这个消息就会不胫而走，传遍整个教室。那么，根据惯例，一定会有人喊出告状的开场白：

“先生！莫纳他……”

我知道莫纳已经出发了。说得确切些，我猜想他已经溜跑了；他大概一吃完午饭就跳出矮墙、穿过田野、渡过小溪到旧普朗什，一直飞跑到美星；他大概已经借好牝马去接夏庞蒂埃先生和太太去了，现在他正在叫人套牲口。

美星就在那头，小溪对岸的山坡上。它是一座很大的农场，夏天被院子里的榆树、橡树和绿篱所遮没。农场旁边有一条小路，一头通到车站大道上，另一头通向当地的城郊。农场中世纪式巍峨的建筑物墙四面围着有墙垛加固的高墙，墙脚边全堆着肥料。六月份时，浓林密叶遮住了主要的房舍。在学校里，我们只是在日落之后才听得到从那儿传来车辆的轮子声和车把式的吆喝声。可今天，我透过窗户玻璃就望得见在光秃秃的树枝背后有一垛农场院子灰暗的高墙、进出的大门，还有两堵篱笆之间一段蒙上白霜的道路，这段道路和小溪平行，通到车站大道上。

在这一幅冬天晴朗的景色中，什么东西都没有移动，什么东西都没有改变。

这时，索雷尔先生已经抄完第二道题目。他一般布置三道题目。万一他今天只布置两道题……那么他马上会走到讲台边，发现莫纳不在了；他就会派上两个小孩走遍集镇去找他；那么不等牝马套上车，莫纳就会被小孩们发现……索雷尔先生抄好第二道题，放下胳膊休息一会儿……接着，他移了一行，又写了起来，这使我深深地松了一口气。他说：

"现在我再要给你们出的题目只不过是个儿童游戏。"

……有两条黑线，高出美星农场的矮墙，它们实际上是马车的两根辕木，翘在那里，现在已经不见了。我可以肯定那是人家正在为莫纳的出发做准备工作。牝马已经把头和前胸钻进大门的壁柱之间，并且停了下来。大家七手八脚，正在车后再缚上一个座位，因为莫纳说要给接回来的旅客乘坐。终于，人和马车慢慢地走出了院子，一度消失在篱笆背后，然后又以同样缓慢的速度走过我们望得见的两段树篱之间的小路。

这时候我认出了那个黑色人影，架势像个农民，一手牵着马缰绳，手肘无精打采地靠在马车边上，他就是我的好伙伴——奥古斯丁·莫纳。

再过了一会儿，一切又都消失在篱笆背后。站在美星农场大门口看着马车出发的两个男人，正在商量着什么，而且谈得越来越起劲了。其中一个人终于把手装成喇叭筒的形状，放在嘴边，并且喊起莫纳来；然后他又在小路上，朝马车的方向跑了几步……但是，马车已慢慢地拐到通向车站的大道上，从小路上人家已经望不见了。到了这时，莫纳突然一变刚才的姿态，他一只脚蹬在前面，像古罗马战场上站着的御者，两手抖着缰绳，驱着牲口拼命向前奔驰，一眨眼的工夫就消失在对岸的高坡背后。小路上喊叫着的人又跑了几步，另一个则穿过田野飞奔起来，方向似乎是冲着我们来的。

几分钟之后，索雷尔先生离开黑板，搓搓双手，拍掉粉笔灰；这时，坐在教室后排有三个人同声喊了起来：

“先生，大个儿莫纳走了！”

也就在这一时刻，穿蓝外套的人已经奔到门口。他突然把门全部敞开，举起帽子，站在门槛边问道：

“请原谅，先生，是不是您同意这位学生来借车到维埃尔宗去接你们的双亲？我们有点怀疑……”

“根本没有这回事！”索雷尔先生回答。

顷刻之间，教室里一片混乱。坐在门口的三个学生——他们平时负责向外扔石头来驱赶跑到院子里来啃银

他一只脚蹬在前面，像古罗马战场上站着的御者，两手抖着缰绳，驱着牲口拼命向前奔驰，一眨眼的工夫就消失在对岸的高坡背后。

篮花的猪和山羊——一个箭步窜出教室。首先传来他们钉着铁钉的木履踏在学校石板地上发出笃笃的响声，随后是他们急促的脚步擦着院子的沙地和朝大路开的小铁栅栏处拐弯滑行时发出的一种低沉的声音；其余的学生都人叠人地扒在朝花园的窗口。有些人为了看得清楚些甚至爬上了桌子……

可惜为时太晚，大个儿莫纳早已逃之夭夭了。

“你还是跟穆什伯夫到火车站去，”索雷尔先生跟我说，“莫纳不认识到维埃尔宗去的路，一遇到十字路他就会转向，他赶不上三点钟的火车的。”

米莉在低班的教室门口把头探进来问：

“发生什么事了？”

集镇的马路上，人群开始聚集。那个农民还是站在那儿。他手里拿着帽子，一动也不动，显得非常顽固，仿佛在那儿鸣冤叫屈。

第五章　马车回来了

我从火车站接回外公外婆，吃过晚饭以后，他们坐在大壁炉前面，开始畅叙从上次假期到现在别后的衷肠。但是我很快就发现我根本没有听他们的讲话。

院子的小铁栅栏离餐厅的门是很近的，它开关时总是发出吱咯的响声。一般情况下，每当夜幕降临，我们乡下晚上聊天开始时，我就悄悄地等着这种吱咯声。吱咯声响过之后，就是木履踩在地上的响声或跨过门槛时的摩擦声，偶尔还有窃窃私语声，好像人们在进来之前先要商量几句。接着就有人敲门了。来的是一位邻居或者是小学女教师们，总而言之，是来为我们寂寞长夜解闷的人。

然而，这天晚上，我对外面人没有好盼望的，因为我所有的亲人都已聚集在家里；可是我还是不断地全神贯注地倾听所有的响声，等待有人会来打开我们的家门。

老外公，这位风尘仆仆的加斯贡的牧羊人，双脚笨重地落在地面上，两腿之间夹着他的拐棍，歪着肩胛往鞋底上敲打烟斗。当外婆讲述她的旅途见闻、她养的母鸡、她的邻居以及当她谈到农民还没有交地租时，他眨眨湿润和善良的眼睛表示赞许。可我的思想已经不再和他们在一起了。

我脑海里想象着滚滚的车轮到我家门前戛然停住，莫纳跳下马车，若无其事地走了进来……或者他先把牝马牵回美星，于是，我听到的是他在公路上的脚步声和小铁栅栏的开启声。

但是，什么声响也没有。外公双眼笔直地朝前看着，眨巴着眼皮，像个被困意袭击的人，久久地闭上双眼。外婆尴尬地重复她最后的叨唠，谁也无心听她。

“你们是在担心那个男孩？”她终于发问。

那是因为在火车站，我曾经再三盘问过她，但毫无结果。她在维埃尔宗火车站根本没有见过像大个儿莫纳模样的人。我的伙伴大概在路上耽搁了，他枉费了心机。回来的途中，外婆和穆什伯夫坐在车上聊天，由我品尝着失望的滋味。盖满白霜的路上水鸟围着驴子的脚蹄飞旋，冰冷的下午万籁俱寂，远远传来牧羊女的吆喝声和小孩的叫喊声，他们从一丛冷杉树招呼另一丛冷杉树里的伙伴。荒凉的山坡上每一次这样拉长的叫声都使我颤抖：我仿佛听到莫纳的声音，他在召唤我跟着他走向远方……

正当这一切在我脑海中盘旋着的时候，睡觉的时间到了。外公已经走进既当卧室又兼客厅的红房间。这间房间从去年冬天一直到现在,又潮湿又阴冷。为了使他能住下，我们把沙发椅上的花边枕头布拿掉，卷起毯子，把易碰碎的物品移放在一边。外公已经把拐棍放在一把椅子上，大靴子搁在沙发椅下。他刚刚吹灭烛火，我们还都站着，相互道过晚安，准备各自就寝，蓦地传来车轮的声音使我们全都住了口。

仿佛是两辆马车慢慢地踏着碎步相继而来。马步逐渐放慢,最终在朝公路开的,但是被封住了的餐厅窗前停下来。

父亲已经拿起灯盏。他一分钟也不耽搁，打开已经上好锁的房门，然后，推开铁栅栏，走到阶梯的边沿，把火盏擎在头的上方：他要看看究竟发生了什么事情。

果然有两辆马车停在那儿，一辆车的缰绳拴在另一辆的车尾；有一个人跳落在地，迟疑不决。

“这儿是乡政府吗？”他边说边走过来，“您能否告诉我上美星农场的佃农弗罗芒坦的家怎么走法？我发现他的马车和牝马沿着圣·鲁德布瓦附近的一条路驰去，可是没有看到车把式。我用灯一照，看到车牌上有他的名字和地址。由于是顺路，我就把他的车和马都一起带到这里来了，以防止发生意外。但是这么一来耽误了我许多时间。”

我们都听得呆住了。父亲走近马车,用手里的灯照了照。

那人继续说："车上也没有旅客的踪迹，甚至连一床盖的毛毯也没有。牲口很累了，有点儿瘸。"

我一直挤到第一排，和别人一起端详这辆失而复得的马车，仿佛这辆车是大海带来的漂流物——从莫纳的外出历险中所带来的第一件，也许是最后的一件漂流物。

那人说："要是弗罗芒坦家离这儿很远，我就把车留在这儿算了。我已经耽误了许多时间，我家里的人都在惦记我了。"

我父亲同意了。这样，我们可以当晚把马车送回美星而不解释究竟发生了什么事。至于如何跟当地的人讲，如何写信告诉莫纳的母亲，这些都可以在以后再行定夺。那人谢绝我们给他的葡萄酒，径自扬鞭而去。

父亲二话没说，就赶着马车上农场去了。外公已经把蜡烛重新点燃，他从自己的屋里嚷道：

"喂！那个游客，他到底回来了没有？"

妇女们相互交换了一个眼色，隔了一会儿，回答说：

"当然回来了，他到他妈那儿去了。得了，睡吧！你甭担心了！"

"好极了。我也正是那么猜想的。"他说。

他感到心满意足，就吹灭烛火，又回到床上去睡了。

我们跟镇里的人也是这么解释的，至于对逃学者的母亲，决定稍等些日子再给她写信。我们把忧愁压在自己的心里，整整三天三夜。我还记得我父亲十一点钟左右从农场回来，胡子被黑夜的水汽弄湿了，他低声地和米莉商量，又气又急……

第六章　有人敲玻璃

第四天数得上这一年最冷的日子中的一天。大清早，最先到校的人在院子里围着井台溜冰取暖，他们等着学校里的火炉生旺了以便一拥而上。

我们好几个人站在大门背后，窥视着从乡村来的同学。一路上他们看到大地覆盖着白霜，看到池塘已经结冰，野兔在树丛中逃窜，兀自感到眼花缭乱……他们的外套散发出一股干草和马厩的气息。当他们围拢在火红的炉子周围，教室的空气变得更为混浊。那天上午，他们中的一个人在半路上发现一只冻死的松鼠，就放在篮子里带来了。我记得这只松鼠很长，已经僵硬。他想法子把它的爪子挂在风雨操场的杆子上。

接着，死气沉沉的冬天的课程开始了……

突然有人敲了一下玻璃窗，我们大家不约而同地抬起头来，只看见大个儿莫纳靠着门户，进屋之前先抖掉外套

一路上他们看到大地覆盖着白霜，看到池塘已经结冰，
野兔在树丛中逃窜，兀自感到眼花缭乱……

上的冰霜。他昂着头，仿佛眼睛看花了。

坐在最靠近门口的长凳上的两个学生马上跑过去开门。教室门口似乎有一阵我们听不到的窃窃私语声，逃学者终于决定跨进教室。

从旷无人影的院子里吹进来的冷风，挂在大个儿莫纳身上的草屑，特别是他那经过长途跋涉后疲惫不堪、饥肠辘辘但又容光焕发的神态，传给我们一种难以名状的、惊喜交集的情感。

索雷尔先生正在给我们念听写。他走下只有两台阶高的小讲台；莫纳挑衅般地迎上去。现在回想起来，我当时感到我这位大伙伴真是美极了，虽然他当时已经精疲力尽，眼睛大约因在外边过了几夜而熬得通红。

他一直走到讲台前，像汇报工作一样，用平稳的语调说："先生，我回来了。"

索雷尔先生惊异地瞧着他，说："我晓得你回来了……到你位置上坐下吧！"

他转身朝向我们，背稍有点弯，犹如一个不守规矩的大孩子挨了整以后的那种样子，脸上露着讥笑。他一手拽住课桌的边缘，身子滑落到长凳上。

"我指定你一本书，你先拿来看（这时所有的脑袋都转向了莫纳），等你的同学把听写写完。"

教室恢复到原先的样子。有时候，大个儿莫纳的头朝我的方向看看，接着又往窗外瞧瞧。人们看到窗外花园里洁白一片，毛茸茸的像棉絮一般，一点动静也没有。田野里空旷无人，只是偶尔有只乌鸦飞下来。教室里，火红的炉子旁边，空气热得发闷。我的好朋友两手托着脑袋，肘子撑在桌上看书。有两次我看到他都已合上眼皮，以为他快睡着了。

“先生，我想去睡觉。”他终于举手报告，“我有三天没睡觉了。”

“去吧！”索雷尔先生回答说；他特别希望的是别有节外生枝的事发生。

所有的人都抬起头来，所有的笔都悬在空中，我们遗憾地看着他走了出去，外套的背上尽是褶，靴子上面满是泥土。

上午的时间慢得真是难熬！临近中午，我们听到天花板上面的顶楼里，传来我们的旅行家准备下楼的声音。午饭时，莫纳坐在火炉前面，靠近瞠目结舌的外公。时钟正打十二下，高班的学生和低班的孩子都分散在积雪的院子里，他们像影子一样，在餐厅门前滑来滑去。

我记得这顿午饭吃得沉闷透顶，十分尴尬。一切都是冷冰冰的：没有桌布而只有油纸，杯里的是冷酒，我们的脚搁在红色的砖地上……为了不致使潜逃的人顶牛，大家决定什么也不问他；他也利用这个休战的时刻一句话也不说。

总算把午饭最后一道点心吃完，我们能跑到院子里去玩了。学校的院子里，中午之后，木履把积雪全踩翻了个个儿……学校的院子已变成黑色，融雪使里边风雨操场的屋顶滴水不止……

学校的院子里尽是做游戏的人和他们刺耳的尖叫声！莫纳和我沿着屋子奔跑，我们的两三个镇上的朋友也已经退出游戏，朝我们跑来。他们两手插在衣袋里，颈上裹着围脖，高兴得大声喊叫，木履把泥浆踩得向四周飞溅。但是我的伙伴赶紧跑进大教室，我也跟了进去，他把镶玻璃的门一关，正好把撵我们的人关在外边。他们使劲撞门，只听到玻璃震动、木履跺地所发出的清脆、响亮的声音；撞击的力量简直要使闩住两扇门扇的铁栓扭弯。但是莫纳已经抢先了一步，他冒着有可能被断裂的锁划破手的危险，把上锁的小钥匙一拧。

我们那儿的习惯，认为这样的做法是很得罪人的。要是在夏天，被关在门外的人就会绕到花园里，从窗户爬进来，因为窗户很多，往往来不及全部关好。可现在我们是十二月份，所有的窗户都关得严严的。在外边的人撞了一会儿门，对我们大肆辱骂一番以后，只得扭过头去，耷拉着脑袋，整好围脖，一个一个地走开了。

散发着栗子和果渣酒味的教室里，只有两个值日生，正在搬移课桌。我走近炉子，懒洋洋地取暖，等着下午课程的开始。莫纳在教师的讲台和学生的课桌中东寻西找，不一会儿就找到了一本小地图册。他站在讲坛上，两手托住腮帮子，肘子撑在讲台上，兴致勃勃地研究起来。

我正打算走到他那儿去。我很可能会把手搭在他的肩上，和他一起在图上寻找他所走过的路……但是倏然通向低年级教室的门砰的一下被完全敞开了。雅斯曼·德卢什出现了，嘴里发出胜利的欢叫，后边还跟着一个镇里人和三个乡下人。想必是低班教室有一扇窗子没有关好，他们推开后就从那儿跳进了屋子。

雅斯曼·德卢什尽管身材矮小，可他是高班中年龄最大的一个。他自称是莫纳的朋友，却对他十分妒忌。在我们这位寄宿生没有来之前，他，雅斯曼，在班上一贯称王称霸。他是旅馆主德卢什寡妇的独子，脸无血色，头发雪亮，平时喜欢充当大人，虚荣心十足地把从玩弹子的人和喝苦艾酒的人那儿听来的话学舌一番。

他一进来，莫纳就皱着眉头，抬起头来。他对这几个闯进来挤在炉子旁边的人说：

“这儿难道就一分钟也不能安静！”

“如果你不满意，就应该待在你原来的地方。”雅斯曼·德卢什头也不抬地回答。他身边有着这么几个伙伴，感到有恃无恐。

我想奥古斯丁当时处于身子极为疲惫的情况下，这种时候，往往虚火上升，使你没法控制自己。

他霍地挺起身子，关上书本，脸色铁青，说："你，你先给我从这儿滚出去！"

那一个反唇相讥，嚷道：

"喔，你自以为在外边逃学三天，现在可以当大王了？"

他还拉上其他的同学帮他一起吵架：

"你没有这个能耐叫我们出去，你晓得吗？"

但是莫纳已经向他扑了过去。开始时，他们相互推来推去，外套的袖子被撕裂、脱线了。跟雅斯曼一起进来的人中间只有一个叫马丁的乡下佬也参与进来，他张着鼻孔，像公羊一样摇晃着脑袋，嚷道：

"放开他！"

莫纳往身后猛一蹬，把他撞得双臂张开，踉跄几步，栽倒在教室中央。然后莫纳一只手抓住德卢什的衣领，另一只手把门打开，准备把他扔到室外。雅斯曼死死拽住课桌不放，赖着不走，两只脚在石板地上，钉铁钉的靴子在上面刮得吱吱响；这时马丁已经站稳，他脑袋朝前，气势汹汹，一步步地逼将来。莫纳就放掉德卢什，先来对付这个愣家伙。当他快处于劣势的时候，突然教室门打开了一半，露出索雷尔先生的脑袋，不过他的脸是冲着厨房间的。因为进来之前，他正在和门外某个人结束交谈。

战斗立即停止了。那些始终没有参与进来的人围在炉子边，低着脑袋。莫纳坐到自己的座位上，衣袖的上部已经脱线和撕破；雅斯曼满脸涨得通红。在教师敲戒尺，表示上课开始了之前的几秒钟，只听到他的嚷嚷声：

“他现在倒好，什么都得称他的心。他自作聪明，以为人家不知道他跑到哪里去了呢！”

“傻瓜！我自己还不知道呢！”莫纳在安静下来的教室中大声回答。

然后，他耸耸肩，两手捧着头，开始学课文。

第七章　绸背心

我已经说过，我们的房间是个很大的顶楼：一半算是顶楼，一半算是房间。邻近的住宅都有窗，不知道为什么这个顶楼却是用天窗来透光的。顶楼的门擦着地板，怎么关也关不严实。每天晚上我们上去时，都得用手挡着烛火，免得给大房间的各路穿堂风吹熄。我们每次试图关好这扇门，每次都只能半途而废。整个夜里，我们总感到周围三间谷仓间的静穆之气一直逼进我们的房内。

同一冬日的晚上，奥古斯丁和我又重聚在这里。

我一弯手就把衣服全部脱了下来，团成一堆扔到一把靠近我床头的椅子上；我的伙伴则一声不响，开始慢吞吞地松衣解扣。我已经躺下，从挂着印花帐子的铁床上看着他脱衣服；他一会儿坐在他的那张没有帐帘的矮床上，一会儿站起来，边脱衣边来回踱步。他把蜡烛放在一张吉普赛人编织的柳条桌上，烛光把徘徊不停的巨大的身影投射在墙上。

他把蜡烛放在一张吉普赛人编织的柳条桌上，烛光把徘徊不停的巨大的身影投射在墙上。

他和我的做法截然相反：他漫不经心，神情恍惚，但又极为仔细地折叠和整理他的学生装。我现在还能回忆起，他当时把他的粗皮带平放在一把椅子上，把又皱又脏的外套折放在椅背上，脱下穿在外套里面的一件粗蓝上衣，背朝着我弯下身去把它铺平在床脚……但是，等到他直起身子，转身向我时，我发现他上衣里面穿的不是铜扣小坎肩，而是一件绸背心，领口很大，领子下边扣着一排密密麻麻的珍珠纽。

这真是件别出心裁的漂亮服装，大概在三十年代的(1830 年）舞会上，当时的年轻人邀请我们今天的老奶奶们跳舞时所穿的就是这类衣衫。

我记得那时他这个农村来的高级班学生光着脑袋——因为他此刻已经把制服帽小心翼翼地放在其他衣服上面了——面庞是那么年轻，那么勇敢，可又已经是那么坚定了。当他开始解下这件原来不属于他的、神秘的衣衫的纽扣时，他又在房间里踱开步子了。他上身穿着衬衣，下边的衣裤显得太短，靴子上沾满泥土，一只手摸着他的侯爵背心：看到他的这等模样，确实让人感到特别。

当他的手一触及这件背心，他便猛然摆脱了梦境。他回过头来，用焦虑的目光注视着我，我真有点想笑。他和我同时露出微笑，他的愁容舒展开了。

我壮起胆子，低声地问：“啊！告诉我这是什么？你是从哪里搞来的？”

但是他的笑容立即收敛不见了。他用粗壮的手在平头上捋了两下；突然，仿佛一个人无法抗拒自己的欲望，他又在花边衬衣外边穿上上衣，牢牢地系好纽子，再穿上满是褶皱的外套，然后他从侧面看着我，犹豫了一会儿……末了，他坐在床沿，靴子脱落下来重重地掉在地板上。于是他吹灭烛火，像个处于战备状态的兵士和衣躺下。

半夜里我突然醒了过来。莫纳站在房间中央，制服帽已经戴在头上。他正在大衣架上寻找一样东西——一件披风，把它披在肩上……房间里非常暗，甚至连平时映雪的光亮都没有。冰冷彻骨的阴森森的大风在死气沉沉的花园里和屋顶上呼呼地劲吹。我把身子直起来一点，低声地唤他：

“莫纳！你要走？”

他不回答。我真急了，说：

“那好！我跟你一起走。你得带上我。”

我跳下了床。

他走近我，抓住我的胳膊，强把我按在床沿上，跟我说：

“我不能带你走，弗朗索瓦。要是我认识路，你可以跟我去。我先得在图上找到路线，可是我怎么找也找不到。”

“那你也没法去啰？”

“是的，去了也是白搭……”他泄气地说，“得了，你睡吧！我答应你不带上你我绝对不走。”

他又在房间里来回踱步；我不敢再跟他说话了。他走走停停，然后走的速度越来越快了。他很像一个人在把脑子里的一些事情重新翻腾起来，或把它们重新回忆一遍，反复对照、比较和计算，突然以为找到了线索，但马上又把它抛弃不要而重新冥思苦想……

这样的夜晚已经不止一次：我被他的脚步声所惊醒，看到他深更半夜在房间和顶楼之间走来走去，酷似那些值巡成了习惯的水手们，回到了布列塔尼家乡后仍然到时候起来穿好衣服去夜巡自己的土地。

一月份和二月份上半月，我这样从睡梦中被大个儿莫纳惊醒了两三次。他站在那儿，全副武装，背上披着披风，准备出发。但每次到了这个奇异国度的边缘，他止步了，犹豫了，尽管这个国度他已经潜逃去过一次。每当他要拉开楼梯上的门闩，从而轻而易举地打开厨房门，并从那儿神不知鬼不觉地溜走时，他再一次退了回来……于是，半夜长长的几个小时里，他边思索边在无人涉足的顶楼里焦躁不安地踱来踱去。

终于，二月十五日左右的一天夜里，他自己跑来轻轻地用手放在我的肩上，把我推醒。

那天的白昼过得很不平静。莫纳对老同学们的各种游戏已经毫无兴趣，下午最后一次休息时，他仍旧坐在一条长凳上，用手指着歇尔省的地图册，详细地盘计，忙于制定一个小小的秘密的计划。院子里和教室之间不断有人来回走动。木履声橐橐橐,人们在课桌椅之间玩捉人的游戏,从讲台台阶和长凳上一跃而过……人们也知道莫纳正在工作，走近他是不好的。但是课间休息总是延长，镇上的两三个孩子出于嬉谑之心，蹑手蹑脚地走了过来，在他的背后偷看。其中一个家伙竟把别人往莫纳身上一推……莫纳赶忙合上地图册，盖好他的图纸，把三个人中最靠近的一个一把抓住，其他两个则逃之夭夭了。

……被抓住的是脾气暴戾的纪洛大。他拳打脚踢，又哭又闹，到最后被大个儿莫纳扔到外边去了。他恨恨地向莫纳说：

“卑鄙的东西！难怪大家都反对你，都要攻击你！”还骂了一大串肮脏话。我们就和他对骂，其实并不清楚他骂的是什么。我骂得尤其凶，我已参加莫纳的一方。现在莫纳和我之间好像有一个契约：他答应过带我去，而不像别人那样说我“不能走路”，这使我永远和他结成同盟。我经常不断地想到他神秘的旅行。我肯定他一定是遇见了一位姑娘。这位姑娘大概比当地所有的姑娘更美丽——比从锁眼中窥见的修女院花园中的雅纳美丽；比面包师的女儿，像玫瑰一样鲜艳的金发女郎玛德琳娜美丽；比城堡女主人迷人的千金，但因发疯而被关起来的惹妮美丽。莫纳就像一本小说里的主人公，对一位姑娘朝思暮想。我决心：要是他再叫醒我，我就鼓起勇气，跟他谈这件事……

第二次打架的那天下午，四点钟以后，我们两人刨完洞穴，正把镐啊铲啊等园艺工具搬进屋去，蓦地听到公路上传来一阵叫声：来的是一帮年轻人和孩子，他们排成四路纵队，像是个组织严密的连队，踏着步子来了。这支队伍由德卢什、达尼埃勒、纪洛大和另一个我们不相识的人带领。他们瞥见我们，对我们大肆嘲笑。整个集镇的人都在反对我们，他们正在准备某种打仗的游戏，而我们则被排斥在外。

莫纳一声不响，把肩上扛的铲子、十字镐放回敞棚里……

但是到了午夜，我感到他的手放在我的胳膊上，我惊醒了过来。

“快起来，”他说，“咱们走吧！”

“你全部路程都弄清楚啦？”

“我弄清了极大部分，剩下的部分得靠我们自己去找！”他咬着牙回答说。

我坐了起来，说：“听我说，莫纳，我们只有一件事要干，那就是两个人一起大白天去找，利用你的图去找我们还不认识的那段路。”

“但是这段路离这儿很远。”

“那么我们坐车去。今年夏天，等到白昼长了以后再去。”一阵长时间的沉默，说明他接受了。

“既然我们共同努力，想法去找到你所爱的姑娘，莫纳，告诉我她是谁，给我说说她的情况。”我终于加上这一句。

他坐在床脚暗影之中，我看到他侧着脑袋，叉着双臂和双腿，然后深深地吸了一口气，仿佛一个长期来有满腔心酸事的人，今天终于要打开他的心扉了……

第八章　奇遇

我的伙伴那天夜里没有把路上发生的一切经过都告诉我。即使后来他在患难之中（这点我以后还要讲到）决定把所有的事都向我倾诉，这也一直是我们少年时期最大的秘密。但是今天，这一切都已成为过去。

多少良辰美景，多少悲欢离合，如今已成灰土，我可以把他的奇特的遭遇公布于众了。

下午一点半钟，在这冰天雪地的日子里，莫纳快马加鞭，奔驰在去维埃尔宗的大路上。他知道时间已经不早。他开始只不过想开个玩笑，四点钟时把夏庞蒂埃外公外婆用马车带回来，让大家都惊讶一番。这个时节，可以肯定，他是别无意图的。

渐渐地，寒气透骨，他就把两条腿裹在旅行毛毯里。美星的人把旅行毛毯给他时，他起初还不肯要，是人家硬塞到车里的。

两点钟，他穿过莫特镇。他在学习期间从来不曾来过这个小地方，看到这儿也是一样的渺无人烟、死气沉沉，倒也感到有趣。只是隔好些路程,偶尔一张窗帘拉起来了，露出一位妇女好奇的脸。

一过学校的房舍，人就出了莫特镇。莫纳在两条道之间犹豫了一阵：他以为记得要到维埃尔宗去应该向左拐。当时没有人在那儿可以为他指路。他让牝马以中等速度行进在这条道路上。很快路变得越来越窄，崎岖不平了。他沿着冷杉树林子走了一程，终于瞧见一个赶车的，就把手围成喇叭筒的形状，向他问了这条路是否通向维埃尔宗。牝马虽然被缰绳勒住了，但还是继续小跑。那人大概没有听明白人家问他什么，嚷嚷了几声，做了个模棱两可的手势。莫纳就继续盲目地赶路。

下面一段路程又是冰天雪地的乡村、茫茫无际的平原，没有什么可以散散心的景致，只是间或有只喜鹊受到马车的惊吓，飞向较远的地方，栖息在一棵无头的榆树上。我们这位赶路的人把旅行毛毯当大氅，把自己的双肩团团裹住。他两腿伸直，手肘靠着马车的一边，瞌睡了好长一段时间……

……幸亏严寒透进了毛毯，莫纳的神志清醒了过来。他发现景色已经完全改变了：现在已经不再是遥远的地平线和望不到底的白云蓝天，而是绿茵茵的、围着高高篱笆的一小块一小块的草地。左右两厢，沟里的水在冰底下流过，这说明这里离河已近。在高高的篱笆之间，公路已成了一条坎坷不平的小径。

牝马已经有好一会儿停止奔驰了。莫纳抽了一鞭，希望它能重新飞跑起来，可是它却继续以极慢的步伐前进。莫纳两只手扒在马车的前档上，侧着脑袋察看。他发现牲口的一条后腿瘸了，立即跳下车去，心中十分忧虑。

他低声地说："我们怎么也不可能赶上维埃尔宗的火车了。"

但是他无论如何也不敢承认他最为担心的事，也就是说他可能走错了道，现在已不是在去维埃尔宗的路上。

他仔细地检查了牲口的蹄子，并没有发现任何受伤的痕迹。牝马非常胆怯，莫纳想碰它，它马上把脚举起来，用它笨重的、不灵活的蹄子刨地。但莫纳终于还是弄明白是蹄子里嵌进了一块石子。他是个会摆弄牲口的人，就蹲下身子，想用左手抓住马的右脚，把它放在自己的双膝之间。但是马车对他很碍事，他试了两次牝马都躲开了，反而向前走了几步，踏脚板碰在他的头上，车轮撞伤了他的膝盖。他不管三七二十一，终于征服了受惊的牲口。可惜石子嵌得很牢，莫纳只得抽出他的农民小刀来解决问题。

等到事情干完，他抬起头来，感到有点头晕眼花，这时他吃惊地发现天色已经黑了……

换了别人一定会拉过辔头往回走，为了不至于在迷途上越走越远，这是唯一的办法。可是莫纳考虑到他大概已经离开莫特镇很远了；而且，他瞌睡时，牝马可能上了歪道；不管怎么的，现在这条路最终总会通到一个村子……除此之外，当大个儿莫纳一踩上踏脚板，牲口已经急不可待地拖着缰绳要走，他越来越感到他要不顾一切险阻，非做出一番事来不可！非到达某一地方不可！

他朝牝马抽了一鞭，马儿一蹦就飞跑起来。天色越来越暗。积水的小路现在狭得刚好能走一辆马车。间或，篱笆的一枝枯桠杈插到了轮子里，咯吱一声给折断了……等到天色完全变黑，莫纳突然想到我们这个时候大概聚集在圣·阿加特的餐厅里了，不禁心里一阵难受。但紧接着他火气上来了，然后是一阵自豪感。他对自己能这样逃逸出来感到太兴奋了，尽管他并没有想要那么做……

他朝牝马抽了一鞭，马儿一蹦就飞跑起来。

第九章　小憩

突然，牝马放慢了步伐，仿佛它的脚在黑暗之中碰到了东西；莫纳也发现牲口的头连续两次耷拉下去又抬起来；最后它完全停了下来，鼻孔朝下，好像在嗅一样东西。牲口的四条腿旁可以听到潺潺的流水声：是一条小河挡住了去路。要是在夏天，这儿一定可以涉水而过；但在这个季节，水流湍急，连冰也结不住，所以再往前走是很危险的。

莫纳轻轻地收拢缰绳，以便退后几步。他在车里站了起来，感到十分为难。这时，他在浓林密叶之中发现了一丝亮光，光源离小路只有两三块草地之遥……

莫纳跳下马车，引着牝马向后退，同时跟它讲讲话，使它不要紧张，不要由于害怕而横冲直撞：

"走吧！老伙计！走吧！现在路不远了。我们马上就可以晓得我们究竟到了什么地方了。"

他把一块小草地前边的朝向小路的栏杆推开，连马带

这时，他在浓林密叶之中发现了一丝亮光，
光源离小路只有两三块草地之遥……

车赶了进去。他的脚陷进了软草。马车静悄悄地颠簸着前进。莫纳的头顶着牲口的头，感觉得到它身上的热气和粗重的喘气声……他把它赶到草地的尽头，把旅行毛毯披在它的背上。然后，他把篱笆那边的树枝拨开，又看到了亮光，那是从一所孤屋里发出来的火光。

可是他还得穿过三块草地，跳过一条捣蛋的小溪。过溪的时候他差一点两只脚都陷到水里……最后，他从斜坡上纵身跳下，终于进入了一家农舍的院子。一头猪在圈里呼噜，一条狗听到冰土上有脚步声，狂吠了起来。

门是开着的，莫纳刚才所看到的亮光是壁炉里燃着的柴片所发出来的，除此之外别无其他光源。屋里一位农妇起身走到门背后，她没有显得特别惶恐。恰好这时候重锤钟[1]打了七点半钟。

“请原谅，我的老大娘。”大个儿莫纳说，“我想我大概踩了您的菊花了。”

农妇手里拿着只碗，停住脚步瞧着他，说道：

“可不，院子里黑得没法走。”

一阵沉寂。其时，莫纳站着往四壁扫了一眼：墙上像旅馆一样贴满了画报，桌上放着一顶男帽。

---

1 重锤钟：一种用像秤砣一样的重锤代替发条的钟，把重锤往上推起就是上了发条。

“老板呢？他不在？”他边说边坐下。

“他快回来了。”老妇人回答说，并且放下心来，“他去找柴禾去了。”

“我并不一定要找他。”年轻人一面继续说，一面把椅子往火那边靠了靠，“我们有好几个猎手在打埋伏，我来是想请您让点面包给我们。”

大个儿莫纳知道怎样对待乡下人，尤其是对待住在孤村单户里的庄稼人，讲起话来要特别留神，乃至要特别讲究方式，尤其是不要让人看出来你不是当地人。

“面包？”她说，“我们没有多少可以给你们的。面包商本来每星期三到这里来，可今天他偏偏没有来。”

奥古斯丁曾经一度希望自己已经到了一个村庄附近，这下子他的心也凉了。

“哪个村的面包商？”他问。

“老南赛的。”女人诧异地回答。

“确切地说老南赛离这儿有多远？”莫纳十分着急地继续问。

“走大路我说不上来，抄近路大约三古里[1]半。”

她接着又讲起她有个女儿也在那个村，每个月的第一个星期天来看望她，她的老板们……

1 一古里约为四公里。

但是莫纳已经完全惊呆了，他打断了她的话茬：

“老南赛是离这儿最近的集镇？”

“不，最近的是莱朗特，离这儿五公里。不过那儿既没有商店也没有面包师，只有每年圣马丁节[1]有一次小小的集市。”

莫纳从来没有听人说起过莱朗特。他看到自己迷路迷到了这种程度，都乐了。农妇在水槽里洗碗，把脸蛋转了过来：这回该她惊奇了。她直盯着他，慢吞吞地说：

“难道你不是本地人？……”

这时，一个老农出现在门口，手里抱着一捆木柴。他把木柴扔在方砖地上。女人于是向他解释这个年轻人要什么，说话时嗓门提得很高，好像他是个聋子。

“这很容易。”他回答说，“先生，您靠近点嘛！您这样是烤不着火的。”

一会儿以后，这两个人都在壁炉的柴架边坐了下来。老头儿劈着柴爿，把它扔在火里；莫纳吃着人家给他的面包和一碗牛奶。我们这位旅客，经历了种种忧愁之后，能在这所简陋的茅屋里小憩，当然十分快慰，心想他那离奇的历险业已结束，盘算着以后和同学们再来看望这对好

1 圣马丁节：十一月十一日。

人。他哪里知道现在仅仅是短暂的休整，一会儿以后他还得继续赶路呢？

过了不久，他就提出要人家把他引上路去莫特镇。但是说着说着，他泄露了真情，说他原来赶着马车，和同伴们失散了，现在完全迷了路。

于是老头儿和老太太再三挽留，莫纳终于同意在此地住一宵，到第二天大亮再上路。他出去寻找牝马，以便牵进马厩。

“您小心小路上的窟窿。”男人说。

莫纳不敢承认他不是从“小路”上来的，他差一点要求男人陪他出去。他在门槛边就犹豫了一秒钟，踟蹰不前，几乎绊了一跤。最后他还是走出房门，到黑暗的院子里去了。

第十章　牧羊场

为了认路，他又爬上坡地。刚才他就是从这上面跳下来的。

像来的时候一样，他穿过柳树篱笆，慢慢地、艰难地在草丛之中摸索向前，走到草地的深处，去寻觅他留在那儿的马车。马车已经不在了……他一动也不动，脑神经突突地跳。他尽力倾听黑暗之中传来的声音，每一秒钟都似乎听到附近有马铃响。但是什么也没有……他围着草地走了一圈；栅栏门一半开着，一半倒着，仿佛有车轮在上面碾过。牝马一定是打这儿独自跑走了。

他踏上小路，走了几步，脚被旅行毛毯绊住了。毛毯一定是从牝马背上滑到地上来的，他从而肯定牲口是从这个方向逃跑了，于是他拔腿就追。

他只有一个念头，那就是无论如何要追回马车。这个强烈的希望，近似于一种恐惧攫取了他全部的心，他脸涨得通红，奔啊奔……有几次，他的脚绊在车辙上；漆黑之中他没有看清拐弯的地方，一头撞在栅栏上。他已经累得要命，无法自制，尽管慌忙收住脚步，还是栽倒在荆棘之中；他两只胳膊向前，为了保护面孔而划破了双手。有时候，他停下来，侧耳细听，再继续赶路。他一度以为听到了马车的声音；实际上这只不过是一辆灵车在左边方向老远的公路上咯吱咯吱前进……

有一段时间，他那因撞上踏脚板而受伤的膝盖疼痛难忍，他只得停下来，那腿像僵硬了一般。他方才想到要是牝马没有狂奔乱跑，他早就该撵上了。他心中思忖着：一辆马车不可能随随便便就丢失，终归有人会把它找到的。于是他慢吞吞地拖着步子往回走，疲惫不堪，怒火满腔。

隔了好久，他似乎觉得回到了他离开的牧场，不久又瞥见了他所寻找的房屋的亮光。篱笆里边有一条小径向里延伸。

“老头儿跟我讲的小径就是这条了。”奥古斯丁自言自语说。

于是他走到这条狭道上，心里为自己不必再穿篱笆、跨坡地而庆幸。一会儿以后，小径拐向了左边，灯光好像滑向了右边。到了一处岔路口以后，莫纳一心只想早点回到茅屋，不经思索地走上一条看上去直接通到那里去的小道。但是，他朝这个方向还没有走上十步，亮光忽然不见了，也许是被篱笆挡住了，也许是农民夫妇等得累了，关上了窗板。奥古斯丁勇敢地跳进农田，朝刚才亮光的方向径直走去。以后，他又穿过一垛围墙，但却走到了另一条小径上……

这样，莫纳对自己走的路越来越糊涂，他和他所离别的人之间的联系慢慢地断绝了。

他泄气了，差不多已经精疲力尽。在绝望之中，他决定不管三七二十一，沿着这条小路走到头。这样走了一百步，他到了一处灰色的大草地，那儿每隔一定的距离都可以看到一些黑影，大概是些刺柏树，在地面的起伏处还有一幢黑暗的房屋。莫纳走了过去，原来那儿是个放牲畜的大牧场，也许是个被废弃了的牧羊场，那房屋的门咯吱一声被打开了。当大风拨开浓雾时，月光透过板壁的缝隙射进来，里边一股霉气味。

莫纳没有多往前摸索，就躺在潮湿的稻草上，肘子贴地，脑袋枕在手上。他解下腰带，双膝贴着肚子，把身子蜷曲在外套里。这时他想到他把牝马身上的毛毯留在路上了，千分委屈、万分懊恼，真想大哭一场。

所以他努力去想别的事情。尽管寒气彻骨，他还是回忆起一个梦境来——确切地说，是他童年时代的一个幻觉，不过从来没有跟人讲过：一天早晨醒来时，他发现没有躺在挂着自己衣裤的卧室里，而是在一间长长的、绿色的房间里，里边的帷幕像绿叶。在这个地方，光线柔和得简直可以拿来放在嘴里尝尝。靠近第一个窗口有一个年轻的姑娘正背着脸缝衣服，她好像在等他醒来……他没有勇气溜下床来，走进这处仙境去。他又睡着了……但是下一次，他起誓一定起来，可能就在明天早晨！……

第十一章　神秘的庄园

天蒙蒙亮，他又继续赶路了。可是他肿胀的膝盖疼得厉害，他不得不时常停下来稍坐一会儿。他现在所在的地方是拉索洛涅最荒芜的地区。整整一上午，他只是在遥远的地平线处望见一个牧羊女赶着羊群。他使劲喊她，试图奔过去，但都是白搭，她压根儿没有听到就不见了。

不过他还是朝着她的方向走去，速度慢得急死人……看不到片瓦，见不到人影，连沼泽地中芦苇间杓鹬的叫声也没有听到一声。在这万籁俱寂之上，十二月清朗而冷冰冰的太阳当空照耀。

大概到了下午三点钟光景，他终于看到了在一片冷杉树林的上方冒出一座灰色小塔的塔尖。

“一个被废弃了的小城堡，一只没有鸽子的鸽棚！……”他自言自语道。

他从容不迫，继续赶他的路。到了林子的拐弯处，有

大概到了下午三点钟光景，
他终于看到了在一片冷杉树林的上方冒出一座灰色小塔的塔尖。

两根白色的木柱，中间现出一条小路，莫纳走了进去。他只走了几步就停了下来，非常诧异，心里为一种难以言喻的激情所打乱，但他还是拖着疲乏的步子向前走。朔风吹裂他的嘴唇，时常压迫得他透不过气来；不过有一种异乎寻常的心满意足的感觉激励着他，使他感到安乐康泰，简直达到令人陶醉的程度。他认定他的目的已经达到，现在等着他的只有幸福。这种感觉，他从前也常有：夏天盛大节日的前夕，当夜晚来临，人们在集镇的街上埋种冷杉树[1]，树叶遮住他房间的窗户时，他也感到乐不可支。

他自言自语地说："我为什么这么高兴？难道就因为我到了这个里边尽是猫头鹰和穿堂风的旧鸽棚？……"

他自己对自己生气了，停下了脚步，心想是否应该回转头去，径直走到下一个村子。他耷拉着脑袋，思考了一阵，蓦地发现这条路已被扫帚扫成规则的大圆形，这和他自己家里过节时的情况一模一样。他现在所在的路酷似圣母升天节[2]时拉费泰[3]的大路！……所以，要是他在这条道路拐弯的地方看见一队欢度节日的人像在六月里一样弄得尘土飞扬，他也不至于更为惊异。

1 为了庆祝节日而临时埋种的冷杉树。

2 天主教八月十五日庆祝圣母升天节。

3 拉费泰即莫纳的故乡拉费泰·当齐荣。

“难道这个偏僻之处在过节？”他自问。

他朝前走着，当他走到第一个拐弯处时，听到一个声音由远而近。他就往旁边浓密的冷杉树林中一闪，蹲了下来，屏住呼吸，侧耳细听。这是些孩子的声音。

一队儿童从离他很近的地方走过。他们中间有一个人，也许是个小姑娘，讲话的声调文静动听；莫纳虽然不解其意，也不禁莞尔而笑。

她说：“我所担心的一件事，是有关马的问题。达尼埃肯定要去骑小黄驹，这是没办法拦住他的。”

“谁也拦不住我的。”一个少年用讥讽的口气回答，“人家不是随我们的便吗？……要是我们愿意，就是把自己弄痛也没啥关系……”

声音渐渐远去，另一群儿童又走近了。

一个小姑娘说：“要是冰化了，明天我们划船去。”

“人家能让我们划吗？”另一个小姑娘说。

“你知道我们可以随我们的心愿组织这次节日活动。”

“要是弗朗兹今晚和未婚妻一起回来了呢？”

“他们回来的话，也得听我们的！……”

奥古斯丁心想：“一定是有婚礼。难道这儿是儿童称大王？……真是个奇怪的庄园。”

他想走出蔽身之处，问问他们哪儿可以找到吃的和喝的。他站了起来，看见最后一群孩子走远了。这批是三个女孩子，穿着齐膝盖的笔挺的连衫裙，一律戴着系有带子的漂亮的帽子，三人的颈子上都拖着一根白色的羽毛，其中一个女孩侧转着身子，微微俯身听着她的同伴正在跷起手指侃侃而谈。

莫纳看看自己一身撕破了的农民的外套和圣·阿加特初中生的古怪的腰带，自言自语说："我会使她们受惊的。"

他担心孩子们从通道走回来碰到他，就继续穿过冷杉树林子，朝"鸽棚"的方向走去，也没有好好考虑他到了那儿向人家要点什么。他一到树林边缘，就被一垛长满藓苔的小墙挡住去路。另一边，墙和庄园的附属部分之间是一个狭长的院子，像逢集日客店的院子一样，里边停满了车辆，五花八门，应有尽有：有精巧的四座小车，车辕朝天翘着；有过时的顶上有饰边行李架的波旁车；甚至还有窗玻璃升着的老掉牙的轿式马车。

莫纳生怕别人看到他，躲在冷杉树后边，仔细观察着这片凌乱不堪的地方。蓦地他发现在院子的另一端，一辆带踏脚板的马车的上方，附属庄园的一扇窗户半掩着。这扇窗本来应该有两根铁栓把它关住的，庄园后面马厩的窗板就是这样老关着的。但是年深月久，这两根铁栓松动了。

莫纳对自己说："我进到里边去，睡在干草堆里，天一亮就走，不要惊动这些美丽的小姑娘。"

他艰难地跨过墙壁，因为他那双受伤的膝盖疼痛难受；他从一辆车爬到另一辆车，从一辆板凳车的座位上爬上轿式马车的车顶，达到了窗户的高度，像开门似的把窗户轻轻地打开。

他所到之处不是草间，而是间屋顶较低的大房间。估计过去这也是一间卧室。在冬日傍晚的朦胧之中，他看到桌子、壁炉乃至椅子上面都摆满了大花瓶、值钱的物品、古代的武器。房间顶端下着帘子，后面遮着的大概是一间放床的凹室。

莫纳闭上窗户，既因为怕冷，也因为担心别人从外边看见。他过去把帘子拉起来，发现里边有一张大矮床，床上尽是些金色封皮的旧书、断弦的诗琴和乱七八糟堆在一起的烛台。他把所有这些东西往凹室里边一推，然后自己躺在上面休息片刻，也思考一下他此次亲身经历的奇特的遭遇。

整座庄园鸦雀无声，时而，人们可以听得见十二月的朔风在呼呼地吼叫。

莫纳躺在那儿胡思乱想，尽管他刚才明明经历了这种种奇遇，尽管小路上有孩子声，院子里挤满了车辆，他还是问自己，是否真的会像他最初想到的那样，他现在所到的地方，不过是被人抛弃在寂寥冬日之中的一所古老建筑物。

不久，他仿佛听到大风传来一阵若有若无的音乐声。

这也好像是一种充满美好和遗憾的回忆。他想起他妈妈年轻的时候下午坐着弹钢琴，他一声不响地站在通向花园的房门背后，一直听到夜晚……

他想：“这不是很像有人在某处弹琴？”

但是他还没有给这个问题找到答案，就已经精疲力尽，很快呼呼入睡了。

第十二章　韦林顿的房间

等到他醒来时天已黑了。他冻得发僵，在床上翻来覆去，把自己的黑外套压在身子下边，弄得满是褶皱。凹室的帘子上映着一丝青蓝色的微光。

他起身坐在床上，把头钻出帘子。屋子里有人已经把窗子打开，在窗台上挂了两盏绿色的威尼斯灯笼。

莫纳刚看上一眼，就听到楼梯平台上有轻轻的脚步声。他赶紧躲入凹室里，钉过钉的鞋把一些铜器踢到墙边，发出清脆的响声。他屏住呼吸好一会儿，心里十分担忧。那脚步声越来越近，两个黑影溜进了房间。

一个声音说："别弄出声音来。"

另一个回答："啊！他该醒醒了！"

"他的房里你布置了没有？"

"当然啰，和别的房间一样。"

风把窗关上了。

第一个人说："瞧！你都忘了关窗了。风已经把一盏灯笼吹灭，得重新点燃它。"

"唉！"另一个忽然懒劲上来，泄气了。他回答说："干吗朝乡村，朝没有人影的方向也张灯结彩呢？没有人会来看的。"

"没有人？上半夜还会有人来的。那边，公路上的人，他们坐在车上看见我们的灯光一定会很高兴！"

莫纳听见一声擦火柴的声音。那个后讲话的人——他也好像是个头头——又拖长嗓门，操着莎士比亚剧中掘墓人的口气说："你在韦林顿房间里放几盏绿灯笼，也放几盏红的……你还不及我懂呢！"

一阵沉寂。

"……韦林顿，这是个美国人？或者这是一种美国颜色，绿颜色？你是个走南闯北的喜剧演员，你应当晓得。"

"喔唷！走南闯北？""喜剧演员"回答说，"是的，我是到过一些地方，但我什么也没有看到！坐在篷车里边有什么好看的？"

莫纳谨慎地从两块帘子中间往外张望。

指挥挂灯笼的是个肥头秃脑的人，穿着一件肥得出奇的短大衣，手里拿着一根长竿，上面吊着些彩色的灯笼。他叉着两条腿，静静地看着他的同伴干活。

那个喜剧演员的长相是人们想象之中最可悲的：高高的个儿，瘦骨嶙峋，颤颤悠悠，一双浅蓝色的斜视眼，胡

莫纳谨慎地从两块帘子中间往外张望。

子遮住了缺了牙的嘴巴，使人联想到一个溺毙者在石板地上淌水的面孔；他没穿外衣，露着衬衫袖子，牙齿咯咯发响；他的谈吐和手势都显露出他十分自卑。

悲伤而又可笑地沉思了一会儿以后，他走近伙伴，张开双臂，跟他倾诉起自己的心里话来：

“你要我跟你讲吗？……我不明白人家为什么要找像我们这般令人讨厌的人替这样的节日帮忙！我的伙计……”

胖大个儿并没有留神他的肺腑之言，仍旧叉着双腿，看他的伙伴干活。他打了个呵欠，平静地吸了吸鼻子，然后转过身子，走过去把竿子放在肩上，说：

“得了，走吧！该换换衣服吃晚饭了。”

吉普赛人[1]跟着出去。但当他走到凹室跟前时，开玩笑似的深深一鞠躬，说：

“睡觉的先生，您现在只需要醒过来，穿上侯爵的服装。即使您像我一样是个潦倒的人，您也尽可以下去参加化装盛会，因为这儿的先生们和小姐们喜欢这样。”

他又鞠了最后一躬，用卖艺人吹嘘的腔调说：

“我的伙伴，厨房专员马洛戈将向您介绍扮演阿尔勒坎的演员和我——您的仆人，比埃罗[2]的扮演者。”

1　从喜剧演员的衣衫可以看出他是个吉普赛人。

2　阿尔勒坎和比埃罗都是意大利喜剧中有名的角色。

第十三章　奇怪的节日

等他们一走，莫纳就走出藏身之所。他的脚都冻僵了，关节也发硬了；但他已经休息过，膝盖的伤似乎已经好了。

他想："下去吃晚饭，我是绝对不会错过的。我将以大家忘了姓名的来客身份参加，何况我在这里不能算是不速之客。毫无疑问，马洛戈先生和他的同伴正在等我……"

他走出一团漆黑的凹室，在绿色灯笼照耀下的房间里他看得相当清楚。

吉普赛人把房间"布置"好了：大衣挂在衣架上，打破了大理石的梳妆台上，放着的东西足以把前一天晚上还在羊圈里过夜的大男孩化装成一个花花公子。

壁炉上，靠近一支大蜡烛处放有火柴。但是地板忘了上蜡，莫纳感到鞋底下沙子和瓦砾在滚动，这又使他产生了身在一所长期以来被人废弃了的房屋内的感觉……当他走向壁炉时，差一点碰在一叠纸板盒和小盒上。他伸出胳膊，点亮蜡烛，然后打开盖子，弯下身子去看。

里边全是些好久以前年轻人的服装：绒布高领礼服、领子敞得很大的细布背心，没完没了的白领带和本世纪初的漆皮皮鞋。他不敢用手指去碰任何东西，而是哆哆嗦嗦地洗过手后，再把一件肥胖的大衣加在学生装外边。他把翻着的领子竖起来，脱下钉鞋，换上优质的、漆皮浅口皮鞋，准备光着脑袋下去。

他没有碰到什么人，就走下木楼梯，到了一个阴暗院子的角落里。夜里的朔风刮在他的脸上，卷起他大衣的一角。

他走了几步，凭借天空朦胧的亮光依稀还能辨出周围的轮廓：他现在在一个小院子里，四周都是附属主楼的建筑物，一切都显得古老和破落。楼梯口开着，因为门板早就被拿掉了。窗口上没配上玻璃，成了墙壁上的黑洞洞。然而这些建筑物都呈现一种神秘的节日气氛：矮矮的房间里似乎有彩色的光在晃悠，大概朝乡村的那边也点上了灯笼；地已扫过，蔓延的杂草均已被拔除；那头，靠近隐约可见的房子，在发出玫瑰色、绿色和蓝色亮光的窗口前面，风摇晃着树枝。莫纳似乎听到从那儿传来歌声以及孩子和姑娘的说话声。

他呆在那里，像个猎手，穿着大衣，半弯着身子，侧耳细听。蓦地从邻近的、人们会以为没有人的楼房里出来了一个年轻人。

这个人戴着一顶弧形的高帽子，在夜里闪闪发光，就像是银子做成的一般；衣服的领子一直插进头发里；背心领口很大；下身一条长裤，连着带子套到鞋底……这位俊秀后生约莫有十五岁，走起路来仿佛被他长裤的松紧带弹起来似的，踮着足尖，但异常迅速。他和莫纳擦肩而过时没有停下来，只是深深地鞠了一躬，就朝中间的主楼走去，消失在阴暗之中。主楼是一座农舍，也许是一座城堡或者修道院，总之今天下午是它的塔顶为莫纳引的路。

稍微犹豫之后，我们的主人公也尾随着这个有趣的小家伙而去。他们穿过一个大庭园，经过几处花坛，绕过树栅围绕的养鱼塘和一口井，最终到了中央建筑物的门口。

一扇笨重的木门，上部呈圆形，像本堂神甫的宅门一样饰有钉子。门半掩着，这位俊秀的后生走了进去。莫纳跟着他进了走廊；才几步，虽然他没有遇上别人，却被笑声、歌声、叫唤声和追逐声包围了。

走廊的尽头有一条横着的过道。究竟是走到头，还是打开这些门中的一扇看看？因为他听到有声音从这些门背后传来。正当莫纳举棋不定的时候，他突然看到两个女孩子在过道尽头相互追逐。他就蹬着薄底靴，蹑手蹑脚地奔过去，想撵上她们看个究竟。一声开门声，只见阔边束带帽的下面，两张十五岁少女的脸蛋，因夜晚的新鲜空气和你追我赶的奔跑而显得像玫瑰一样鲜艳。所有这一切马上就要消失在意外射来的亮光之中。

突然，有一秒钟，出于戏谑，她们身子一转，轻纱薄裙顿时飘逸舒张开来，露出她们滑稽的长裤的花边。然后，转了这一转之后，她们一齐跃进屋里，关上房门。

莫纳有一阵子眼花缭乱，在黑暗的走廊里踉跄了几步。他现在担心的是被人撞见。他这种犹豫不决、呆头呆脑的样子无疑会被人看成小偷。他本想大模大样地回到大门口去，但又一次听到从走廊的尽头传来脚步声和孩子的讲话声。有两个小男孩边说边走过来。

“快开晚饭了吧？”莫纳冷静地问他们。

那个大的回答说：“跟我们来，我们带你去。”

他们两人在这盛大节日前夕，怀着孩子们特有的对人的信任和对友谊的需求之心，每人都拉着他一只手。他们两个大概是农民的孩子，人们给他们穿上最漂亮的衣装：裤腿裁到大腿边的小短裤下面露出了他们的大粗羊毛袜和木底皮面套鞋，一件紧身的蓝绒衫，一顶同样颜色的便帽和一个白色的领结。

孩子中的一个问：“你认识她吗？”

比较小的孩子脸蛋圆圆的，长着一双天真无邪的眼睛，说：“妈妈跟我说过她穿的是黑色的连衫裙，带着褶花的颈圈；她像一个漂亮的比埃罗。”

“你们说谁？”莫纳问。

他现在担心的是被人撞见。他这种犹豫不决、
呆头呆脑的样子无疑会被人看成小偷。

“弗朗兹去迎娶的新娘呀！……”

年轻人还来不及开口，他们三人已到了一个大厅的门口。大厅里炉火正旺。几条木板搭在三脚架上充当桌子；上面已经铺上了白桌布，各式各样的人物正在彬彬有礼地吃饭。

第十四章　奇怪的节日（续）

这是一间天花板较低的大厅，晚餐就像乡村中结婚前夕招待远方来的亲戚的那种宴席。

两个孩子已经放开这位学生的手，奔到隔壁的房间里去了；那儿人们可以听到叽叽喳喳的童声和汤勺碰碗碟的响声。莫纳胆大沉着，胸有成竹，他跨过一条长凳，坐在两个老年农妇之间，立刻狼吞虎咽起来。只是过了好一会儿他才抬起头来看看同桌吃饭的人，并且听他们讲话。

讲话的很少，这些人相互之间好像不怎么认识。他们大概有的来自穷山僻壤，有的来自远方的集镇。分散坐在桌子旁边的老头儿，有的满脸络腮胡子，有的胡子刮得精光像退休了的水手。还有一些上了年纪的人，和他们很相像，坐在旁边进餐：他们的脸全都呈紫铜色，浓密的眉毛下边眼睛炯炯发光，一式细得像鞋带的领带……一眼就看得出这些人从来没有出过县城。要是说他们曾经风里来，雨里去，颠簸千百次，那只是为了干他们笨重但没有危险的活计，也就是翻土开垄到地边，然后又扶着犁回来……妇女极少，只有几个老农妇，圆圆的脸蛋满是皱纹，看上去像只苹果，头上戴着缝有管状褶裥的软帽。

莫纳感到他跟同桌的每一个人都合得来，信得过。以后他还这样解释过他当时的这种印象："当你犯了一个严重的、不可宽恕的错误的时候，你在极度苦恼之中有时会这样想：世界上还是有人肯原谅我的。你就会想到老年人，想到慈祥和蔼的祖父母，他们一开始就认为你所做的都是有道理的。肯定地说，这间大厅里同桌吃饭的人就是从这些好人中选出来的。其余的人则是些儿童和少年……"

这时，莫纳身旁的两位老太太聊起天来。

年岁大的讲话声调特别尖，很滑稽，虽然她尽力想注意这一点但并不管用："就最好的估计，新郎新娘明天下午三点钟之前到不了。"

"别那么说，你要惹我生气的。"另一个用最平静的语调回答她。

说话的人戴着一顶编织的斗篷帽。

第一个并没有激动，回答说："算一算么！从布尔日到维埃尔宗要一个半小时的火车，从维埃尔宗到这里还要坐七古里地的马车……"

讨论继续下去，莫纳一字不漏地听着。这场心平气和的争论使他对情况略有所知：城堡主的儿子弗朗兹·德加莱是个大学生，或是个水手，或是个见习水手，反正谁也说不上来……他到布尔日去寻找一位姑娘，要把她迎娶回来。奇怪的是这个男孩子，年纪大概很轻，又富有幻想，在庄园里什么都得照他的意愿办。他要求当他的未婚妻进门时，整幢房子要装扮成像节日的宫殿。为了庆祝姑娘的来临，他自己出面邀请了这些善良的老人和孩子。以上就是这两位老太太争论的几点情况。其余的部分她们也不甚了解。她们又没完没了地讨论起新郎新娘回来的问题。一个坚持说明天上午可以到达，一个则说要到明天下午。

"我可怜的穆瓦内尔，你总是那么疯疯癫癫。"年轻的那个平静地说。

"可你呢？我亲爱的阿岱勒，你还是那么固执。我有四年没有见到你了，你一点也没有变。"另一个耸耸肩，用最平和的声调回答。

她们两人各执己见，争论不休，但一点也没有耍脾气。莫纳想探到更多的情况，插嘴说：

"弗朗兹的新娘真像人家所说的长得那么漂亮？"

她们不知如何回答，瞧着他说：除了弗朗兹以外谁也没有见过新娘。他本人也只不过从土伦回来那一天晚上遇见了她；当时她在布尔日的一所人们称之为"沼泽"的公园里，样子很悲痛。她的父亲是个织布工人，把她赶出了家门。她长得十分漂亮，弗朗兹对她一见钟情，决定娶她。这个故事颇为离奇，但是弗朗兹的父亲德加莱先生和他的妹妹伊沃娜不是样样都依着他的吗？……

莫纳还想谨慎地提些别的问题，突然门口出现了迷人的一对：一个十六岁的女孩穿着丝绒上衣和镶着大褶边的裙子，另一个是穿着高领衫和松紧裤的男青年。他们踏着两步舞曲，穿过大厅，后面跟着些人。接着，另外有些人奔过去，大喊大叫，随后跟着一个脸涂白粉的比埃罗，袖子长得出奇，戴顶黑软帽，张开缺牙的嘴巴笑。他大步大步地瘸着腿跑，似乎每迈一步都要跳一下，同时甩着又肥又长的空袖子。姑娘们都有点害怕了，男青年则前去和他握手，孩子们乐得忘乎所以，大叫大嚷地尾随着他。他走过莫纳身边时，用他那对玻璃眼睛朝莫纳看了一眼，莫纳认出这位现在胡子已经刮得一干二净的人，就是马洛戈先生的伙伴，那个刚才张挂灯笼的吉普赛人。

宴会已经结束，大家都站了起来。

走廊里围了几个圈子，人们跳起了法兰多拉舞，某处有一个乐队正在演奏小步舞曲……莫纳把大衣的领子当作皱领[1]，把一半脑袋缩在里边，感到自己成了另一个人。他

1　皱领是竖起来带褶裥的大领子，一般为白色。

也被欢乐的气氛所感染，跑遍庄园的走廊，去追赶大个儿比埃罗。这些走廊仿佛成了剧场的后台，舞台上的哑剧已经传遍每个角落。直到深夜，他一直和穿着奇装异服的快乐的人群混在一起。有几次，他打开一扇门，到了一间房间里，人家正在放幻灯，孩子们热烈地鼓掌……有几次，他待在跳舞大厅的角落里和某位穿着讲究的人聊天，急着打听人家以后的几天将穿的服装……

时间久了，他面前出现的这种快乐反而使他难过。他每时每刻都在害怕他那件有一半敞开的大衣会露出他的学生装，他就躲到最安静、最黑暗的角落里，在那儿只听得到隐约的钢琴声。

他走进一间安静的房间，上面点着一盏挂灯。这原是间餐厅，里边也在过节，不过是孩子们的节日。

有几个人坐在软垫上翻阅放在膝盖上面的画册；有几个蹲在一把椅子前面的地上，郑重其事地在椅子上面陈列画片；另一些人靠近火炉，什么也不说，什么也不干，他们在这间宽阔的大房间里倾听着从远处传来的过节的声响。

这间餐厅有一扇门敞开着。人们听着隔壁房间里的钢琴曲。莫纳好奇地探过头去，隔壁的屋类似一间小小的会客室；一位妇女，也许是一位姑娘，肩上披着一件栗色的大衣，背着身子，正在轻轻地弹着圆舞曲和民歌。旁边长沙发上六七个小孩子在静听，有男有女，像图画里一样排成一排，如同天时很晚时孩子们那么守规矩。只是他们中间的一个偶尔用手撑起身子，滑到地上，走到餐厅里来，而看完画册的人中的一个就走过去顶他的空位置……

姑娘继续弹琴，莫纳默不作声地回到餐厅里。他打开一本扔在桌上的红皮书，漫不经心地看了起来。

几乎在这同时，蹲在地上的一个小家伙走了过来，拉着他的胳膊，爬到他膝盖上和他一起看书；另一个孩子从另一旁也照着样做。这真是他过去出现过的梦境：他久久地臆想着有一天晚上他在自己家里，已经结了婚，那个靠近他的迷人而又陌生的弹琴人乃是他的妻子……

他久久地臆想着有一天晚上他在自己家里，
已经结了婚，那个靠近他的迷人而又陌生的弹琴人乃是他的妻子……

第十五章　萍水相逢

第二天早晨，莫纳早早就准备好了。他遵照人家的建议，穿了一套过时了的普通的黑礼服：上装腰身比较紧，袖子的肩胛处垫得很高；一件双排纽的背心；大脚裤的裤腿肥得遮住了他那双细巧的皮鞋；头上戴着一顶大礼帽。

他下楼的时候院子里还没有人。他信步溜达，像在春天里那么兴奋。那天早晨也的确是这个冬天中最暖和的一天：太阳犹如四月初那般温暖，积雪开始融化，晶莹闪光的露水湿润着草地。树上好几只鸟儿在歌唱，温暖的微风时时吹拂在散步人的脸上。

他仿效那些比主人醒得早的客人的模样，走到庄园的院子里，心里老想着会有一个热情和愉快的声音从背后叫他：

“奥古斯丁，您已经起身啦？……”

可实际上，好长一段时间他一直是独自一人在花园和院子里溜达。那头，主楼里边，无论是窗户或是塔楼都毫无动静。可是人们已经把大木门的两扇门扇打开。楼上的一扇窗户里，阳光返照，像夏天早晨一般。

莫纳第一次在大白天看看这片产业的内部结构。断墙残垣把荒芜的花园和院子隔开。看得出院子里前不久倒过些沙子，用耙子耙过一遍。他所住的附属建筑物的旁边是些马厩，七零八落很不整齐，但很别致，形成许多旮旯，上面布满了野灌木和五叶地锦。冷杉树林子一直延伸到庄园，把一片平原全都遮住了。只有朝东的方向可以看到蓝色的山岭，上面有岩石，还有少不了的冷杉树。

在花园里，莫纳的身子趴在养鱼池的摇摇晃晃的栅栏上好长时间；鱼池的边上还结着薄薄的一层冰，皱褶不平像是泡沫，他瞧见自己的身影在水里，好像弯身在天上，穿着一套浪漫派大学生的服装。他感到所看到的是另外一个莫纳：不是坐着马车逃逸出来的学生，而是一个富有魅力的、传奇式的人物，正在读一本获奖得来的书……

他赶紧走向主楼，因为他饿了。在昨天吃晚餐的大厅里，一个农妇正在放置餐具。等到莫纳在一只摆在桌布上的碗盏前坐下，农妇给他倒上了一杯咖啡：

“先生，您是第一个。”

他什么也不愿回答，因为他害怕突然被人发现他是个陌生人。他只是问了问事先通知过的早晨泛舟几点钟开始。

“半小时之内走不了，先生。谁也没有下来呢！”她回答说。

于是他又继续散步，围着形似教堂那样左右两边不对称的长方形城堡式的房子转，一边寻找上船的码头。当他绕过南边，蓦地看到一片芦苇，一望无际，构成了整幅画面。池塘的水流到这儿浸湿了墙脚；好几扇门的前面有木结构的小阳台，悬在汩汩作响的水波之上。

散步的人闲得无聊，他们在像纤道似的铺沙的堤岸上溜达了很久。莫纳好奇地观察所有的大门；大门上镶嵌的玻璃蒙上了灰尘，大门里边是破旧的、被废弃了的房间，或者是丢弃的独轮车、生锈了的工具和碎花盆的堆物间；蓦地，他发觉房屋的另一端传来擦在沙地上的脚步声。

来的是两个妇女，一个已经老态龙钟，另一个则是亭亭玉立的姑娘。她棕色的头发，迷人的衣装，莫纳虽然昨天经历了化装舞会，今天看到了仍然感到非同寻常。

她们停下来看了一会儿风景；这时候，莫纳惊奇地——他以后感到这种惊奇是很粗鲁的——自言自语说：

“这大概就是人们所说的与众不同的姑娘——也许是个演员，人家因为过节才把她找来的。”

这时候，这两个妇女和他擦肩而过。莫纳一动也不动，目不转睛地望着年轻的姑娘。以后，每当他极尽全力试图回忆起这张已经消逝了的美丽的面容而终于进入梦乡时，他经常看到一排排的年轻妇女酷似这位姑娘：这一个人戴的帽子像她的；那一个人神态有点沉思和她一个样；另一个的眼神和她的一样纯洁；再一个有她一样的细腰；还有一个跟她同样是蓝眼睛；但没有一个人就是这位少女。

莫纳有时间看清她的浓密的棕发下面一张脸，五官比较短，但长得几乎是令人痛苦地纤细。她们两人既然已经走了过去，他就瞧她的装束，那是最简单，但是又是最大方的打扮。

他感到十分困惑，不知道是否应该陪着她们走。这时，姑娘略微回过头来朝向他，对她女伴说：

“我想，现在，船要不了多久要开了吧？……”

莫纳跟定她们。老妇人弯着腰，颤颤巍巍的，兴致勃勃地不停地说着笑着；姑娘细声地回答她。她们俩到了渡口，她又露出庄重和天真无邪的目光，好像是在说：

“您是谁？您在这儿干什么？我不认识您，可我又好像认识您。”

其他的来客现在已经散开在树林之间，等着。三条游船正在靠岸，准备迎接游客。这两位妇女好像是城堡女主人和她的女儿。她们所过之处，年轻的人们纷纷向她们深深一鞠躬，小姐们也向她们频频点头致意。奇怪的早晨！奇特的游娱活动！尽管有冬日的太阳，天气还是很冷。妇女们在颈子周围裹上当时很时髦的羽毛围巾……

老妇人留在岸边。也不知道怎么搞的，莫纳和年轻的城堡女主人在同一条船上。他靠在甲板的栏杆上，一只手拿着被大风吹扁了的帽子，很自然地注视那位姑娘。她这时坐在避风处，也在注视着他。她笑眯眯，回答女伴们对她讲的话，然后又温柔地把蓝色的眼睛移到他身上，微微咬着嘴唇。

附近河边的坡地上十分沉寂。游船随着平静的机器声和水声前进。人们简直可以相信这是在盛夏，船只似乎将在某处乡村房舍的美丽的庭园边靠岸。这位年轻的姑娘也将撑着白伞去散步，直到晚上都可以听到蝈蝈的叫声……但是突然来了一阵冷风，使这个节日的来宾们明白过来现在正是严冬腊月。

大家在一片冷杉树林前上了岸。码头上，旅客们我挤着你，你挤着我，等着船夫们打开栅门的挂锁……莫纳事后回想起来，这一分钟的情景是多么激动人心啊！当时他在池塘的岸边，距离这位姑娘的脸十分近，可是这张脸从今以后却永远消失了。他睁大的眼睛从侧面注视她的洁净的脸颊，看得眼里快充满泪水了。他记得看到她脸上有点香粉，这仿佛是她向他倾诉的一桩微妙的秘密……

到了陆上，一切安排得似在梦幻之中。孩子们欢乐地奔叫，人们三五成群地分散到树林各处，莫纳则踏上一条小径，跟随着离他十步远的这位年轻的姑娘。

他赶上了她，没来得及考虑就脱口而出：

“您长得真美！”他简单地说。

但她加快了步子，什么话也没有回答，就走到岔路上去了。其他的游人在大道上奔跑、嬉闹，每个人都信步闲游，任凭自己的心血来潮。我们年轻的主人公深感内疚，责备自己不该那么鲁莽、粗野和笨拙。他盲目地徘徊着，心想他怎么也不会遇见那位美人儿了。但突然，他发现她恰好迎面走来，不得不在这条羊肠小道上和他擦肩而过。姑娘用没有戴手套的双手拉开大衣的褶裥。她脚上穿的是一双浅口的黑皮鞋，脚踝骨十分细巧，时常弯曲，真叫人害怕它们会折了。

这次，年轻人向她敬了个礼，低声地说：

“您能原谅我吗？”

“我原谅您，”她郑重地说，“可我现在得到孩子们那儿去，因为今天他们是主人。再见吧！”

奥古斯丁恳请她再停一会儿。他笨拙地跟她说话，语无伦次，声音都颤抖了；她放慢了步子，听他说话。

“我还不知道您是谁。”她最后说。

她吐每一个字的方法都是一样的，所以声调完全相同，只是每句话最后一个字更为轻柔……然后，她又恢复了平静的脸色，微微地咬着嘴唇，蓝色的眼睛笔直地看着远方。

“我还不知道您的名字。”莫纳回答说。

他们现在走在一条没有遮蔽的路上。人们可以在不远处看到宾客们围着一幢坐落在田野之中的孤独的房屋。

“这就是‘弗朗兹之屋’。”姑娘说，“我得失陪了……”

她犹豫了片刻，微笑地瞧着他，说：“我的名字？……我就是伊沃娜·德加莱小姐……”说完，她就躲开了。

“弗朗兹之屋”那时并没有人住。但是莫纳看到时里面尽是来客，连顶楼里也都是人。他当然没有多少时间可以来观察他所在的地方：人们匆忙地吃了一顿由游船带来的冷餐。在这种季节里，这样的吃法很少见，大概是孩子们决定这样做的。大家吃完又出发了。莫纳一看见德加莱小姐出来就走上去，回答她刚才提出的问题：

“我原先给您取的名字更美。”

“什么？什么名字？”她问道，神态总是那么庄重。但是他害怕刚才讲了蠢话，所以没有回答。

“我的名字叫奥古斯丁·莫纳，”他继续说，“我是个学生。”

“喔，您在学习？”她说。于是他们聊了一会儿。他们讲得很慢，充满了幸福感，充满了友情。以后姑娘的态度变了。现在她已不再那么骄矜和庄重，而是显得更忧虑了。好像她害怕莫纳要说的话，所以事先就慌张起来。她待在他身边，颤抖不已，好像一只燕子落地时间久了，急于想再度高翔。

对莫纳提出来的各种设想她都温和地回答说："何必呢？何必呢？"

但到了最后，他大胆地提出要她允许他有朝一日再回到这个美丽的庄园来。她只是简单地回答说：

"我将等着您回来。"

他们到了上船的地方。她蓦地止住脚步，沉思着说：

"我们俩都是孩子，我们干了一件荒唐事。这次我们别再上同一条船了。再见，别跟着我。"

莫纳一下子不知所措，眼睁睁地看着她走了。然后他才迈开步子。这时，姑娘快要消失在远处来宾群中了，她停了下来，转身朝着他，第一次久久地望着他。这难道是最后一次向他打招呼表示再见？还是她向他示意，叫他别去陪她？还是她有什么话要跟他倾诉？……

等到大家回到庄园，农舍背后斜坡上的大草地上开始小马赛跑。这是全部节日活动中最后的一次。按照原来的计划，新郎新娘应当及时赶来参加这项活动，并且由弗朗兹主持一切。

可人们只得不等到他来就开始了。男孩们穿着马衣马裤，女孩们穿着马戏团女演员的服装。他们有些人牵来系有绸带的矫健的马驹，其他人牵着驯服的老骥。在孩子们沸腾的喊声和笑声之中，在一片打赌声和钟鸣声中，人们以为自己已经被送到某个极小的跑马场里绿茵茵的被修剪过的草坪上。

莫纳认出了达尼埃勒和戴着带羽毛帽的小姑娘们；前一天，他看到她们在树林里走过……莫纳一心只想在人群中找到漂亮的玫瑰色帽子和栗色大衣，对其余的情景一概没有注意到。但是德加莱小姐没有露面。当一阵钟声和欢呼声宣告竞赛结束时，他还是一股劲儿地在找她。一位骑白色老牝马的女孩子赢得了胜利。她在坐骑之上绕场一周，帽上的雉毛迎风飘摇。

接着，突然一切都无声无息了。所有的游戏业已结束而弗朗兹仍未回来。人们犹豫了一阵，相互很尴尬地商量办法。最后大家三三两两地回到套房里去，在忧虑和寂静之中等候新郎和新娘的归来。

第十六章　弗朗兹·德加莱

赛马结束得太早了。当莫纳回到他房间时还只有四点半，天尚未黑。他脑子里尽是他不寻常的一天里所遇到的种种事情。他坐在桌子前面，无所适从，等着开晚餐和节日重新继续。

第一天晚上的大风又吹起来了，人们听到风声像急流咆哮、瀑布倾泻，连房间里壁炉的挡板也时常晃荡。

莫纳第一次感到有点苦恼，这种苦恼就像您度过了极为美好的日子以后所体会到的那种感情。他一度想把炉子生起来，但壁炉的挡板已经生锈，他半天也没能打开。于是他开始整理房间：他把漂亮的衣服挂在衣架上，把乱七八糟的椅子沿墙排好，样子真像他要在这里长期安家了。

然而，他考虑到他应该做好随时出发的准备，就像要出门旅行似的把自己的外套和其他学生服都仔细叠好，放在椅子背上，并把钉有铁钉的、仍然沾满泥土的靴子放在椅子下边。

然后，他又回来坐下，更加恬静地环视他已经整理好了的住所。

间或，一滴雨点落在开向停车辆的院子和杉树林的玻璃窗上，在上面留下一条水痕。大个儿莫纳自从整理好房间以后，情绪已经安定下来，内心感到非常幸福。他现在待在这儿，在这个陌生的环境之中，在这间他自己选择的房间之中，真是又神秘，又奇怪。他所得到的东西已经超过了他的希望，他现在只要想起在大风之中这位少女回眸看他的情景就感到心满意足了。

在他这样沉思梦想的时候，夜幕降落了，而他甚至连灯也忘了点。一阵风吹来，把后房和他房间之间的门吹得砰砰响。后房的窗就是朝着停放车辆的院子开的，莫纳想去把它关好，他蓦地发现里边桌子上仿佛有支蜡烛点着，发出微弱的光线。他把头探到门缝处，真的有个人在那儿了，估计也是从窗户进来的。这个人在屋里不声不响地来回走动。人们所能看清楚的：里边是个很年轻的男人，他光着脑袋，披着一件旅行用的披风，不停地走着，仿佛有一种无法忍受的痛苦要把他逼疯了。他让窗户敞得大大的，风吹进来，吹动他的披风。每当他走近烛光，人们看得见他上等料的礼服上面的纽扣闪闪发光。

他牙齿缝里吹着口哨，是一种海军的乐曲，是水手和下女们为了散心，在海港的酒吧间所唱的那类曲调……

他情绪激动，来回踱步；但有一段时间里，他停了下来，趴在桌上，找到一只盒子，从里面取出几张纸来……莫纳凭借微弱的烛光从侧面望过去，他只看到一张很秀气的脸，弯弯的鼻子，没有胡子，浓密的头发一边有条头路；他已经不再吹口哨了；脸色苍白，双唇微开，显得已经精疲力尽，仿佛他的心脏受到过沉重的一击。

莫纳很为难：他究竟应该谨慎从事而退走，还是应该作为朋友走上前去，把手轻轻地搭在他的肩上，并和他聊聊？但那个人已经抬起头来，看见了他。他瞧了莫纳一秒钟，然后，丝毫没有感到惊奇，走近他，硬腔硬调地说：

“先生，我不认识您。但我很高兴见到您。既然您在这儿，我就向您解释……事情的经过就是这样的……”

他显得完全失去了自制力。当他讲到“事情的经过就是这样的”时，他拽住莫纳的礼服夹里，似乎要对方集中注意力。然后他又扭头朝着窗户，仿佛在将他要说的话思考一番。他眨眨眼睛，莫纳这才发现原来那人简直要哭出声了。

他把这一切孩子般的辛酸一口气强咽了下去，然后，眼睛还是直盯着窗户，呜咽着说：

“就这样，完了，节日活动完了。您可以下楼跟他们说去，我已经独自一个人回来了。我的未婚妻不来了。因为怕出丑，因为害怕，因为没有信心……而且，先生，我要解释给您听……”

但他讲不下去了，他整张脸都皱在一起，什么也没有解释。突然他转过身去，走到黑暗之中，打开又关上放满衣服和书籍的抽屉。

“我要收拾收拾，准备走了。”他说，“让人家别来妨碍我！”

他把各种东西放在桌上：漱洗用具，一把手枪……

莫纳惶恐不安，慌忙离去，既不敢和他握手，也不敢跟他话别。

下边，大家似乎早就预感到发生了什么事。几乎所有的姑娘都换上了连衫裙。主楼里晚餐已经开始，但是匆匆忙忙，一片混乱，如同出发时的情景。

从大厨房兼餐厅到楼上的房间和马厩之间不断有人来来往往。吃完饭的人三五成群相互道别。

有一个头戴着毡帽的农村青年背心上系着餐巾，正匆忙地吃晚餐。莫纳问他：“发生了什么事？”

“我们要走了。”他回答说，“这是突然决定的。五点钟时我们所有的来客聚在一起。我们已经等到最后的时刻了，新郎新娘没有可能来啦。有一个人说‘我们是不是走呢……’，于是所有的人都准备出发了。”

莫纳没有回答。现在要他走他已经无所谓了。他的奇遇不已到头了吗？……这一次他所想得到的不都已得到了吗？他几乎没有时间再在脑子里回想一下早晨那场美好的谈话。现在的问题是出发。不久以后，他将再回来——到那时候，他可以正大光明，不用再骗人。

那人的年龄和莫纳相仿，他继续说：“如果您想跟我们走，快去换好衣服。我们一会儿就要套马车了。”

莫纳急忙撂下刚开始吃的晚餐，也忘了告诉来客们他刚才知道的事情，就拔腿走了。庄园、花园和庭院已经一片漆黑。那天晚上窗口没有点灯笼。但是，由于这顿晚餐等于是婚礼结束时最后的晚餐，来宾之中酒量比较差劲的人大概喝醉了酒，唱了起来。随着莫纳渐渐走远，他听到庄园里传来他们唱的酒吧曲调。两天来这个庄园一直是绚丽多姿，美不胜收，而现在开始惶恐不安、一片混乱。他走过鱼池，早晨他还在那儿把它当镜子照，现在的一切似乎都已变了……这歌声隐约传来，后面还跟着合唱声：

你从哪里来呀，小荡妇，
你的软帽被撕开，
你的帽子真糟糕……

还有另外一首：

我的鞋是红的……

永别了，爱情！

我的鞋是红的……

永别了，一去不复返！

当他走到孤屋的楼梯下面时，黑暗之中有人下楼撞了他，对他说：

“永别了，先生！”

这个人似乎感到非常冷，把身子紧紧地裹在披风里，走开了。他就是弗朗兹·德加莱。

弗朗兹留在房间里的蜡烛还在继续烧着，没有什么东西被挪动、弄乱，只是桌面上显眼的地方有一张信纸，上面写道：

“我的未婚妻不见了，她让人转告我说她不能成为我的妻子；她不过是个裁缝，而不是公主。我不知道如何是好。我走了。我已失去活下去的愿望。请伊沃娜原谅我没有向她告别，但她也是无能为力的……”

蜡烛殆尽，火焰摇晃，最后挣扎了一秒钟，灭掉了。莫纳回到自己的房间，关好房门。尽管天时已黑，但他对几小时之前大白天里他在幸福之中所整理的每一样东西都了如指掌。他把他的破旧衣物——从粗制皮鞋到铜扣皮

蜡烛殆尽，火焰摇晃，最后挣扎了一秒钟，灭掉了。

带——都一件件正确无误地找到了。他很快脱掉衣服又穿上衣服。但是，他漫不经心地把借来的衣服放在一张椅子背上，结果穿错了一件背心。

窗下，停车的院子里，骚动已经开始。有人拉，有人喊，有人推，谁都想把自己的车辆从这一片杂乱无章中解脱出来。间或，有个男人爬上一辆大车或一辆有篷小推车的篷顶，把车灯转来转去。车灯的光映照在窗户上；这时，这间对莫纳来说已经非常熟悉，里边所有的东西曾经对他十分亲切的房间，又围着他跳动复活了……就在这样的情况下，莫纳小心地关上门户，离开这个神秘的地方；他也许永远也看不到了。

第十七章　奇怪的节日（完）

黑夜之中，一行马车已经开始慢慢地向木栅栏方向行驶，领头的是个穿山羊皮袄的男人。他手里擎着一盏马灯，拉着缰绳赶着最先套上了车的马匹。

莫纳急于想找到一个愿意负责带他走的人。他急着要走，原因是内心深处害怕突然会孤单单地一个人待在庄园里，害怕自己的欺骗行为会被人发觉。

当他到达主楼前面时，赶车的把式正在平衡最后的几辆马车上的乘客。他们叫所有的乘客都站起来，把座位向前或往后挪挪；包着头巾的姑娘们尴尬地站起来，旅行毛毯滑到脚下。人们可以看清靠近车灯的姑娘们低着头愁眉不展的面容。

莫纳在一辆马车里发现刚才提出愿意带他走的那个青年农民。

“我能上来吗？”他喊着问。

那人已认不得他，回问："你上哪儿，我的孩子？"

"往圣·阿加特方向。"

"那得到马里坦的车上去找个座位。"

于是，这个已长大成人的学生在那些迟迟尚未出发的旅客之中寻找这个素不相识的马里坦。人们指给他说马里坦还在厨房里和喝酒的人一起唱歌。

还有人告诉他马里坦是个玩世不恭的人，到早上三点钟他还会在那儿喝。

莫纳一度想到了那位忧心忡忡的姑娘，想到她焦虑不安、郁郁寡欢，将听着这些醉醺醺的农民在庄园里唱歌，一直闹到深夜。她究竟在哪间屋里呢？这些神秘的房间中哪扇窗是她的呢？但是再拖下去也是无济于事的，应该出发了。回到圣·阿加特后，一切都将会比较清楚；他将不再是逃学的学生；那时他可以再次想到来找城堡的女主人。

马车一辆一辆地驶去，车轮在大路的沙地上发出嚓嚓的响声。黑暗之中，人们看见这些车辆满载着裹得圆滚滚的妇女和包着头巾、已经昏昏欲睡的孩童，拐了弯就消失不见了。一辆乡村大马车，接着又是一辆带座的马车，上面的妇女接踵并肩，驶了过去。莫纳站在楼房的门槛边，不知如何是好。但他没有等多久，一辆由一个穿罩衣的农民驾驭的轿式马车驶了过来。

莫纳向他一解释，他就对莫纳说："您可以上来，我们往这个方向去。”

莫纳很费劲地打开破车的车门。车窗玻璃颤动着，门咯吱咯吱地响。车厢一角的板凳上有两个幼儿——一个男孩和一个女孩睡着。他们一听到声音，一接触到冷风就醒了过来，伸伸懒腰，睡眼蒙眬地瞧瞧，然后哆嗦着，又缩到他们的角落里重新入睡……

老破车已经启程，莫纳更加轻手轻脚地关上车门，小心翼翼地在另一个角落坐下，然后他如饥似渴地竭力想透过玻璃认出他马上就要离去的地方和他来时走过的道路：尽管是在夜里，他还是觉得车子穿过院子和花园，经过他房间的楼梯，驶出栅栏门，离开庄园，进入了树林。人们隐约地看到古老的杉树的树干沿着车窗后遁。

莫纳心里突突地跳，他对自己说：“可能我们会碰上弗朗兹·德加莱。”

突然，在狭隘的路上，马车往边上一闪，避开一个障碍物。黑暗之中人们根据它笨重的外形可以猜出这是一辆差不多停在马路正中央的有篷车，这辆车大概也是来过节的，停在这儿有好几天了。

这个障碍物一过，马儿就奔驰起来。莫纳感到看得有点累了，再想看清周围黑暗中的环境也已经不可能了。但突然，在树林深处一阵闪电，接着一声响雷，马儿开始狂奔，莫纳不知道穿罩衣的车把式究竟在使劲地勒着它们的缰绳呢，还是相反地在催它们快跑。他想打开车门，但是门的把手在外边，他想把玻璃放下来，摇晃它，但没有成功……孩子们惊醒了，相互挤得紧紧的，一声也不响。当莫纳把脸贴着车窗玻璃的时候，蓦地瞥见路的拐弯处一个白色的人影在奔跑：那就是节日活动中眼神呆滞、疯疯癫癫、穿着奇装异服的吉普赛人——比埃罗。他手里抱着一个人，紧贴在他胸前，然后一切都消失了。

这辆飞奔疾驰在黑夜之中的马车里，两个大孩子又睡着了，不可能向谁倾诉这两天遇到的神秘的事件。他久久地在脑海中重温他的所见所闻。他疲惫不堪，心情沉重。这个年轻人也如同一个忧伤的孩子，终于进入梦乡。

马车在大路上停下来的时候天还没有拂晓。有人在窗玻璃上叩击，吵醒了莫纳。车把式吃力地打开车门，吆喝着。夜里的朔风直透学生的骨髓。

“得在这儿下车了。天快亮啦。我们要抄近路走了。你离圣·阿加特已经很近了。”

莫纳半弯着腰，照他的吩咐做。他迷迷糊糊，毫无意识地伸过手去找他的制服帽子；这顶帽子已经掉在两个睡着的女孩子的脚中间，也就是说掉在车厢最阴暗的角落里。然后他低着脑袋下了车。

车把式重新坐上自己的座位，说：“再见吧！您只有

他手里抱着一个人，紧贴在他胸前，然后一切都消失了。

六公里路了。瞧，地界石就在那儿，在路边上。”

莫纳尚在朦胧之中。他拖着笨重的脚步，弯着腰向前，一直走到地界石上坐下。他叉着双臂，低着脑袋，好像又要睡着了。

“啊！这可不行！”车把式叫道，“您不能那么睡，太冷了。快站起来，走两步……”

大个儿莫纳两手插在口袋里，缩着脖子，晃晃悠悠地像个醉汉，慢吞吞地走上圣·阿加特的大路。奇怪的节日最后的一点痕迹——破马车离开了沙砾公路，逐渐远去。它在寂静之中歪歪扭扭，拐进长草的岔路里。人们只看见车把式的帽子在篱笆的上面弹跳着……

第二部

第一章 大型的游戏

大风与严寒，雨水或积雪，我们所处的境遇使我们没法进行长时间的探索。所有这些都使我们——莫纳和我——在冬天结束之前不好再去谈论什么偏僻的乐土。当时还处于夜长昼短的二月份，每逢星期四[1]，经常风沙迷目，到了下午五点钟又总变成阴雨连绵，我们根本无法着手做任何正经的事。

从他回来的那天下午起，我们再也没有朋友了。除了这一怪事之外，没有什么东西能使我们想起莫纳曾经有过奇特的经历。

课间休息的时候，大家照从前一样做着游戏，但雅斯曼再也不理睬莫纳了。每天晚上，教室一打扫干净，学校的院子又恢复到我过去孤单一个人的时候的样子——人全

1 法国小学每逢星期四下午放假。

部走空。我老看到我的伙伴彷徨徘徊，来往于花园与敞棚、院子与餐厅之间。

星期四上午，我们各自坐在两个大教室中的一个教室里，阅读卢梭和保尔·路易·古里埃[1]的作品。这些作品都是我们从壁橱之中英语教科书和精心翻抄的音乐乐谱堆里找出来的。

下午，我们出去做客，可以到外边活动活动，但最后我们又要回到学校……有时候，我们听到高级班的学生们好像偶然地在大门外停留一会儿，撞撞门，做一些莫名其妙的军事游戏，然后走开了……

这样难以忍受的日子一直持续到二月底。我开始认为莫纳已经忘掉了一切，但突然发生了一桩奇遇，比其他的奇遇更为离奇，说明我的猜想完全错了：在这表面平静的冬日的背后，正酝酿着一场严重的危机。

正是月底的一个星期四的晚上，有关奇怪的庄园的最初的消息，有关这次我们已经不复提及的奇遇所激起的第一个浪花飞到了我们这儿。那时我正在聊天。外公外婆已经回去了，只有米莉和我父亲跟我们在一起。我们学生中发生了件不愉快的事，致使班级分成了两派，他们被蒙在鼓里毫无觉察。

1　保尔·路易·古里埃（1782—1825），法国作家，以反对王朝复辟的杂文闻名。

八点钟，米莉打开房门要到外面去倒掉吃剩的东西，蓦地尖叫了一声：

“啊！”

她的嗓音是这样的清脆，引得我们一齐拥上去要看个究竟。门槛上有一尺高的积雪……天色非常暗淡，我在院子里往前走了几步看看积雪是否很深。我感到轻盈的雪花飘落在我的脸上，立即融化了。他们让我马上进屋，米莉抖抖瑟瑟地关上房门。

九点钟，我们准备上楼睡觉；母亲已经拿起灯盏，忽然我们听到院子那头传来像是有东西被用力砸在大门上似的两声清晰的响声。她把灯盏又放回到桌子上，我们全都站着，竖起耳朵，注意着有什么动静。

当然那时甭想跑出去看看究竟发生了什么事。倘若那样做，你还没有走到院子的中央，灯就会被吹灭，玻璃灯罩就会被打碎。但片刻之间什么声响也没有。

我父亲开口说：“这大概是……”话音未落，突然餐厅窗户的正下方——我已经说过，窗户是朝通向车站的公路开的——发出一阵哨声，又尖又长，估计教堂的路上也能听到。一些人用手腕撑着窗台爬了上来，立刻，窗户外边，爆发出一阵刺耳的叫声，这声音隔着窗玻璃渐渐地减弱：

“把他带走！把他带走！”

房屋的另一头，同样的叫声与他们相呼应。那些人估计是穿过马丁大爷的农田跑过来的，他们爬上了隔开农田和我们院子的矮墙。

接着，每处都有八个到十个陌生的人，用假嗓子不断地嚷嚷。“把他带走”的叫声此起彼伏：叫声来自储藏室的屋顶，他们大概从堆放在墙外的干柴堆上爬上去的；叫声来自一朵连接大门和敞棚的小墙，墙顶呈圆形，他们可以舒适地骑在上面；叫声来自车站公路的铁栅栏上面，要从那儿爬上去是轻而易举的事……最后，绕进花园，从后面又来了一批迟到的人，他们也演出同样的闹剧，不过这次的叫声是：“冲啊！”

我们听到他们的叫声在被他们打开窗户的空教室里回荡。

莫纳和我两人对整个学校的过道、旮旯了如指掌，就像标在图上那样马上就明白这些陌生人正从哪几处向这里进攻。说老实话，我们只是在最初的时刻有点害怕，哨声使我们四个人不约而同地想到是流浪汉和吉普赛人在进攻我们。因为正好两个星期以前，教堂后面的广场上来了一个大个儿土匪和一个头上用绑带包扎得很紧的大男孩；在制车匠和铁匠那里也来了几个外地的工人。

但是，一等到我们听到进攻者的呐喊声，我们马上就肯定来者是镇上的人——更可能是年轻人，甚至可以确证里面还有小孩——人们能分辨出他们的童声——他们也混在队伍里边，像冲向敌人军舰一样来进攻我们的住所。

“啊！好啊！真见鬼……”我父亲叫道。

米莉低声问：“这是在搞什么名堂？”

正在这时，大门口和铁栅栏墙上的——然后是窗户外面的——喊声忽然停止了。窗后发出两声口哨。爬在储藏室楼顶上的人和进攻花园的人的叫声也逐渐减弱，最后全都不作声了；我们听到整支队伍沿着餐厅的外墙窸窸窣窣、匆匆忙忙地撤退，他们的脚步声因为积雪而减弱。

很明显是有人惊动了他们。他们原以为时间已经那么晚了，大家都已睡觉，他们可以放心大胆地进攻这所位于镇口的孤零零的房子。但是现在有人打乱了他们的战斗部署。

当我们定下心来——因为进攻来得很突然，像是一次有组织的攻坚战——正准备出去的时候，却听到一个熟悉的声音在小铁栅栏门那边喊道：

“索雷尔先生！索雷尔先生！”

来的是屠夫巴斯基埃先生。矮胖子在门槛上刮刮木履底，抖落了短大衣上的积雪，然后走进屋来。他因为窥见了一桩神秘事件的全部机密而带有一副狡黠和惊愕的神态说：

“我刚才待在家里的朝四路广场开的院子里，想去关

我们听到整支队伍沿着餐厅的外墙窸窸窣窣、匆匆忙忙地撤退，他们的脚步声因为积雪而减弱。

羊棚的门，突然，有两个影子从雪地里直起身子。您猜我看见了什么？是两个大个子好像在望风或窥视什么东西。他们的脸朝着十字架。我就走上前去;我才迈了两步,嗖!他们从你们家的那个方向飞快地跑走了。啊！我没有半点犹豫，立刻拿起马灯，我说：‘我要把这一切去告诉索雷尔先生……’”

接着，他又唠唠叨叨地重复起他的故事：“我在我家后面院子里……”讲着讲着，我们给他一杯酒，他接受了。等到我们问他有关的细节时他又说不上来。其实他到我们家时什么也没有看见。那两个哨兵受到他的惊扰后，马上就发出警报，整个队伍接到音讯立刻全部撤走了。至于说这帮人究竟是谁……

“可能是吉普赛人。”他猜想着说，“他们到广场上已快一个月了，老等着天气转晴，好演喜剧。他们肯定会干一些坏勾当。”

他讲的对我们并无用处，我们仍然站着，不知所措；而那人一边咂着酒，一边又重新开讲他的故事了。莫纳一直十分仔细地听着，从地上拿起屠夫的手提灯，拿定他的主意，说：“得出去瞧瞧！”

他打开门，索雷尔先生、巴斯基埃先生和我一起跟着走出去。

米莉因为来进犯的人走了，已经放下心来。她像所有

办起事来有条不紊考虑周到的人一样,生性不好奇。她说:

“要去你们自己去。不过请你们关上门,带上钥匙。我可要睡了。我让灯点着,不吹灭。”

第二章　我们中了埋伏

万籁俱寂，我们在雪地上走着。莫纳走在前面，手里提着装有铁丝罩的马灯，灯前发出扇形的光面……我们刚跨出大门，从紧挨我们风雨操场的集镇上的磅秤站背后倏忽蹿出两个头戴斗篷帽的家伙，像两只受惊的小鹧鸪，飞奔而去。他们一边跑，一边讲了两三句话，时而为笑声所打断：可能是在讥笑别人，可能是为他们奇特的游戏而兴高采烈，也可能是情绪激动，害怕被人赶上。

莫纳把灯笼撂在雪地上，对我叫喊：

“弗朗索瓦，跟我来！……”

我们撇下这两位上了年纪没法跟着跑的人，朝着这两个黑影追去。黑影绕过集镇地势低的地区，沿着旧普朗什街，照直往教堂的方向奔去。他们有节奏地不紧不慢地跑着；我们跟着他们毫不费劲。他们穿过一切都已沉睡寂静无声的教堂大街，钻进公墓后面的小巷和死胡同的迷宫里。

那儿是打短工的、裁缝、织布工等的居住区，人们称之为“小角落”。我们对这个地区很不熟悉，夜里更是从来没有来过。这地方白天是见不到人影的：短工不在家，织布工关上了门；而今天在这个万籁俱寂的夜里，这儿比镇上其他任何地方更为荒凉，更为沉睡。所以要指望有人能闯到这里来助我们一臂之力是不可能的。

在这些像搭积木似的随随便便建造起来的小房屋之间有一些小路，我只认识其中的一条，那就是通往绰号叫“哑巴”的女裁缝家的那一条。先得走下一个陡坡，坡地上时而铺有石板，然后在织布工的院子和空闲不用的马厩之间拐两三个弯，就到了一条很阔的死胡同，胡同的顶头被一所长期以来无人居住的农舍院子挡住去路。在哑巴裁缝家，她手指动个不停地和我妈妈进行着静悄悄的谈话，时而为她这个残疾人的短促的叫声所打断。当她们交谈时，我透过大窗户，可以看到这所农舍的高墙——它也是这一边的郊区最后的一幢房子——和永远关闭着的栅栏门，里边的院子很干燥，没有干草，死气沉沉，那里是永远也不会发生什么的。

这两个陌生人走的正是这条道。每次拐弯，我们总害怕给他们跑了，但每次我们总在他们踅入下一条小巷之前及时赶到，这的确使我惊讶不已。我说使我们惊讶不已，因为这简直是不可思议的：小巷很短，如果他们不是有意放慢速度，我们早就看不见他们的影踪了。

最后，他们毫不迟疑地走进了通向哑巴家的胡同。于是我向莫纳喊道：

“我们逮住他们了！这是条死胡同！”

实际上是他们逮住我们了……他们把我们带到了他们要我们去的地方。他们一到墙脚，就果断地转回身子朝着我们，其中的一个还吹了一声我们这天晚上已经听到过两遍的口哨声。

马上有十来个人从废弃了的农舍的院子里走了出来。他们似乎在里边恭候我们多时了。所有的人一律戴斗篷帽，围巾遮住了他们的面容……

他们是谁，我们早就知道了，不过我们决心对索雷尔先生只字不提，因为我们的事和他无关。里边有德卢什、德尼斯、纪洛大和其他所有的人。搏斗之中，我们辨认出了他们打架的方式和他们断断续续的声音。但是有一点，莫纳感到很是担忧，甚至似乎使他害怕：里边有一个人我们是不认识的，而他好像是头头……

他没有上来碰莫纳，而只是瞧着他的士兵干。这些士兵使出了九牛二虎之力，在雪地里打滚，衣服从上到下被弄得凌乱不堪，拼着命想制服气喘吁吁的大个儿。他们中间有两个人来对付我；我使劲挣扎，犹如鬼神附身，他们要使我不能动弹颇不容易。我被推在地上，屈着双膝，屁股坐在脚底上，他们把我两手抓住按在背后，就这样，我既惊恐不安又极度好奇，目击了这一幕的经过。

莫纳已经解开外衣的搭扣，拼命打转，一下子甩掉了班上四个男孩，把他们猛摔在雪地里……那个陌生人笔直地站着，兴致勃勃但又非常冷静地观看战斗，时常清晰地重复着：

“上……拿出勇气来……再上……Go on，my boys！[1]……”

很明显，是他在指挥……他是从哪里来的？他在何处，又怎样训练他们打仗的呢？当时对我们来说这是个谜。他也和别人一样用围巾遮住面孔，但是当莫纳挣脱了对手，威胁着走向他时，他为了看清来者和应付当时的局势所做的动作，使他露出像绷带似的绑着一块白布的头。

就在这个时候，我向莫纳喊道：

“小心后边！后边还有一个！”

可是他还来不及转过身来，从他背面方向的栅栏后边已经蹿出一个大家伙，巧妙地用围巾套住我朋友的头颈，把他向后扳倒。说时迟，那时快，被莫纳摔得嘴啃雪地的四个对手也已冲了上来，把他的手脚按住，用一根绳子缚住他的双手，用一条围巾捆住他的双腿。那个头扎绷带的年轻人走过来搜他的口袋……最后来的那个扔套索的家伙

1 Go on, my boys！：上啊，孩子们！

已经点燃了一支蜡烛，用手挡着风。头头每搜出一张新的纸片，就凑近亮光检查一下里边有些什么东西，等到最后他打开了莫纳那张回来以后不断加工、写满记号的地图时，他高兴得叫了起来：

“这一下子我们弄到手了。这就是我们要的图！这就是指南！我们可以来看看这位先生是否到了我所猜想的地方去了……”

他的同伙吹灭了蜡烛，每个人捡起自己的帽子或腰带，他们像来时一模一样，不声不响地走了。我两只恢复自由了的手赶紧替我同伴松绑。

“他们有了这张图也走不远。”莫纳站起来说。

我们慢慢地往回走，他有点瘸了。我们在教堂的路上碰到了索雷尔先生和巴斯基埃大爷。

“你们什么也没有看到？”他们说，“我们也没有！”

幸亏正是深夜，他们没有发现什么。屠夫离我们而去，索雷尔先生也赶紧回去睡觉。

但是我们两个还不能睡：我们在楼上的房间里，凭借米莉给我们留下的灯火，把我们脱线的外衣缝衲了好久。我们像一对白天吃了败仗的战友，低声地讨论刚刚发生的一切。

第三章　吉普赛人到学校

第二天早晨醒来可是件苦事。八点半钟，索雷尔先生快要发出口令让大家进教室时，我们才气喘吁吁地跑来排在队伍里。我们既已迟到,就随便往那里一挤。但在平时，大个儿莫纳总是站在排头的，大家并肩接踵，捧着书籍、本子和钢笔，等待索雷尔先生的视察。

他们在队伍中间给我们让地方,默默无声，十分殷勤，对此我很是惊奇。索雷尔先生检查了大个儿莫纳的文具，拖迟了几分钟进教室上课。我好奇地探出脑袋,东张西望，想看看昨天的敌人的脸。

我第一个看到的，正是我所耿耿于怀的那个人，但也是我连做梦也想不到会来这儿碰到的那个人。

他站在莫纳平时站的位置上——整支队伍的排头。他一只脚踩在石阶上，一个肩膀靠在门框上，压着背上的书包的一角。他面目清秀，脸色苍白，脸上缀着雀斑。这张脸侧向我们，带着一种蔑视别人和怡然自得的好奇的神态。他的脑袋和面庞的一边全部绑上了白布。我认出他就是这伙人的头头，前一天夜里抢我们东西的吉普赛人。

我们已经走进教室，大家各就各位。新学生和莫纳一样坐在靠近柱子的一条长板凳上，他在左边，而莫纳在右边第一个位置上。纪洛大、德卢什，还有其他三个也坐在第一条长板凳上的人相互挤紧，好给他腾出个位置，这一切好像都是事先商量好了的……

冬天经常有这类临时性借读的学生到我们这儿来：他们是因为运河结冰而被困住的小水手、学徒工、遭到风雪阻挡的旅行者。他们来听两天到一个月的课，很少比这时间更长……刚开始来的时候，大家对他们很好奇，但他们很快就不引人注目而混同于普通学生了。

但这个人大概不会很快被人遗忘。我现在还记得这位特殊的人物和他挎在背上的书包里边稀奇古怪的财宝：首先是他拿出来的带有风景图片的钢笔杆。你闭上一只眼睛，就可以在笔管的一个孔眼里看到有点模糊，但是放大了的卢尔德[1]的大教堂或其他说不上名字的建筑物。他选

---

1 卢尔德（Lourdes），法国上比利牛斯省的省会，原是一座小城市。十九世纪末，一个名叫贝纳台特·苏比露士的女孩说她在当地见过圣母显灵，于是卢尔德成了朝圣之地。

上一个，大家马上递来递去争相传看。然后是一只中国笔筒，里边放了圆规和好玩的工具。这些东西从板凳左边开始，静悄悄地、偷偷摸摸地在本子底下由一只手传到另一只手里，只是瞒着索雷尔先生一人，他什么也看不到。

还传递一些崭新的书籍。里边有些书，我们家藏书不多的书架里也有；我曾经贪婪地偷看封皮后面的书名：《鹈鸟》《海鸥石》《我的朋友伯努瓦》[1]……有些人把这些不知从哪儿弄来，也许是偷来的书放在膝盖上，用一只手翻阅着，用另一只手写听写；另一些人在课桌上转着圆规玩；还有些人趁索雷尔先生念听写时从讲台到窗口来回走动背过身去的时候，突然闭上一只眼，把另一只眼凑近那孔眼，看那青绿色、斑斑驳驳的巴黎圣母院画面。这个外来的学生手里握着笔，修长的身子靠在灰色的柱子上，眨巴着眼睛，对自己组织的地下游戏洋洋得意。

可是渐渐地，整个班级都担心起来。陆续传递出去的东西前前后后都到了莫纳的手里。他毫不介意，看也不看一眼，把它们随手放在身边。不久，这些东西就堆成了一堆，五颜六色，排列精确，颇像在寓意性的作品中堆放在象征科学的女性的脚边一样[2]。索雷尔先生必然地会看到这

1 《鹈鸟》《海鸥石》《我的朋友伯努瓦》都属供青少年阅读的冒险小说。

2 欧美的文化中，常用一个脚边放些书籍、仪器的女人的形象来表示科学。

这些东西就堆成了一堆，五颜六色，排列精确，
颇像在寓意性的作品中堆放在象征科学的女性的脚边一样。

批新奇的、摊出来的物品，并且发现其中的奥妙。而且，他也会对昨天夜里的事做一番调查。现在吉普赛人在此，调查就容易了……

果然，他不久就在大个儿莫纳身前停了下来，十分诧异地问：

“这些东西是谁的？”他食指夹在书里，合上书本，用封底指指“这些东西”说。

“我不晓得。”莫纳头也不抬，没好气地说。

但是新来的学生插话说：

“是我的。”

他还立即加上一句：

“但是，先生，如果您要看，我可以给您看。”

他讲这话时像少爷似的大手一挥，使得老师情不自禁地被吸引住了。

于是，仅仅几秒钟，整个班级的人鸦雀无声，以免扰乱刚刚出现的新情况，好奇地围拢在老师和新来年轻人的周围。老师半秃半鬈的头趴在这些宝贝上；年轻人脸色苍白，洋洋得意，但又不是锋芒毕露地做些必要的解释。这时候，莫纳完全被抛弃了。他已打开草稿本，皱着眉头，全神贯注地解一道难题。

我们正在忙这些，“一刻钟”的课间休息开始了。那时听写尚未做完，教室里已是乱哄哄的一片。其实，从早晨开始到现在一直都在“休息”。

到了十点半钟，学生们拥进幽暗泥泞的院子里，人们很快发现新来的人在指导大家做游戏。

那天上午吉普赛人教给我们的种种游戏中，我现在只记得最剧烈的那种:那是一种马上比武，高班的学生做马，让稍年幼的爬上去骑在肩上。

他们分成两排，分别从院子的两头出发。他们相互冲向对方，想法把对方撞翻。骑士们用围巾当套索，伸出胳膊当长矛，尽力使敌手落马倒地。有的人本想撞倒人家，但对方一闪，他猛冲过去扑了空，结果自己失去了平衡，栽倒在泥里，骑士就在坐骑下边打滚；有的学生已经一半落马，被他们的马匹一把抓住双腿，他们又爬到肩上重新投入战斗。德拉齐手大腿长，红棕色的毛发，两只招风耳朵，上面骑的是扎着绷带、个子瘦长的骑士，他煽动两支队伍对战，巧妙地驾驭着他的坐骑，同时朗朗大笑。

奥古斯丁站在教室的门槛边，看他们组织游戏，开始时神色很难看。我待在他的边上，进退两难。

他把手插在衣袋里低声地说：“这家伙好狡猾。今天早晨他就到这里来，这是使他免遭怀疑的唯一的办法，而索雷尔先生上他的当了！”

他梳着短发，光着脑袋站在风头里好长时间，咒骂这个喜剧演员：正是他耍弄这帮学生，叫他们受苦，而不久前他还是他们的头头呢。我尽管是个文静的孩子，也不得不同意他的观点。

老师不在，院子的每个角落战斗仍继续进行；连最小的孩子也是我爬在你头上，你爬在我头上；他们奔跑着，还没有被对手撞击就摔倒了……不一会儿，站在院子中央的只剩下一批玩得起劲的，并不停地旋转着的人，其中有偶尔露出白绷带的新头领。

这时，莫纳再也忍不住了。他低下脑袋，两手按着大腿，对我喊道：

"弗朗索瓦，上！"

我对这个突如其来的决定感到很吃惊，但我还是毫不犹豫地爬到他的肩上，只一秒钟，我们已经冲入人群最密集的地方。大部分斗士大惊失色，一边逃，一边叫：

"莫纳来了！大个儿莫纳来了！"

他在留下的人群之中自身打转，并且对我说：

"两臂伸直，像我昨天夜里那样拽住他们。"

由于我对胜利十拿九稳，因此打得兴高采烈，一路上使劲拽孩子们的手；他们尽力挣扎，开始在大孩子肩上摇摇晃晃，最后跌倒在泥地里。一眨眼的工夫，站着的人只剩下骑在德拉齐身上的新来的人。但是德拉齐不想跟奥古斯丁较量，往后猛一扭腰，挺直身子，把白头骑士掀下马来。

这个年轻人左手搭在坐骑的肩上，仿佛一个中校握着

22

“了解群体心理的入门经典”
原版原意终于恢复，《新闻联播》报道译者

23

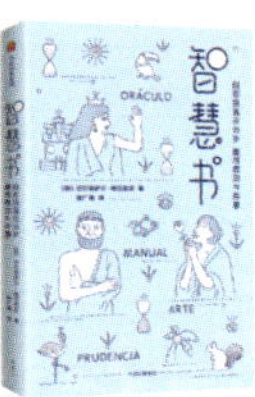

“洞悉人性和完善自我的智慧奇书”
问世400年，畅销400年！

24

“换一个角度看待自我与世界”
叔本华的幸福哲学，让你活出新自我

25

“卡夫卡五大中短篇小说神作”
当你不被理解孤独至极，就看卡夫卡

26

“莫言惊叹神来之笔”
乔伊斯经典短篇传世杰作

27

“写给聪明女生的幸福指南”
做自己，比任何事都更重要

28

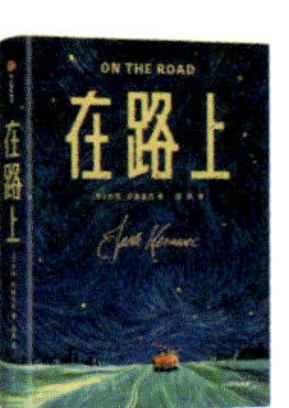

“在路上，遇见更好的自己”
以自己喜欢的方式去认识世界

29

“不可不读的文学奇书”
所有你失去的，都会以另一种方式归来

30

“堂吉诃德为梦想奋不顾身”
被评为全球经典名著桂冠

31

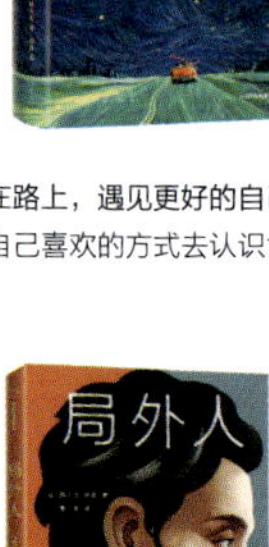

“我要活出真实的自己”
哪怕成为你眼中的局外人

32

“汲取大智慧，就读名人传”
内心强大的全球三大名人

33

“中国人的美学生活方式”
为人处世四大智慧奇书

10

“年轻人要熟知的4248个文化常识”
文化常识小百科，贾平凹题名推荐

11

“没看过这本书，别说自己是吃货”
《舌尖上的中国》总导演陈晓卿亲笔推荐版

12

“200篇经典小说，写透人间百态”
囊括宋、元、明白话短篇小说精髓

13

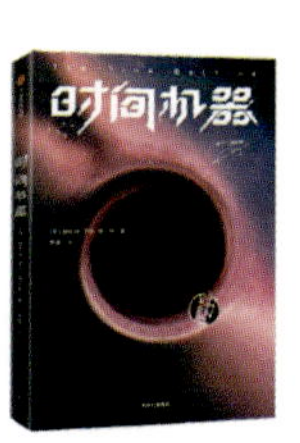
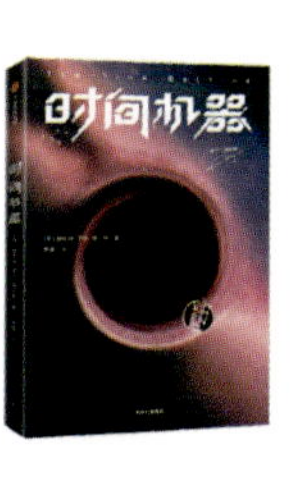

“时间旅行有可能吗？”
科幻小说经典，刘慈欣推荐版本

14

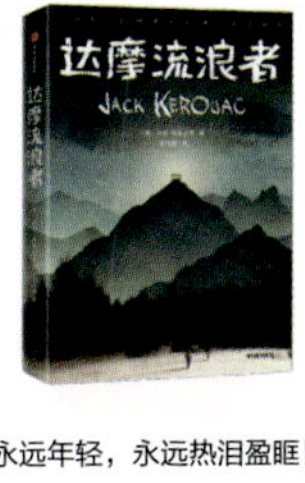

“永远年轻，永远热泪盈眶！”
人生灯塔之书，带你走出迷茫！

15

“讲述女性的欲望、觉醒与困境”
写给每一个在爱中有苦难言的人

16

“生而为人，我很抱歉”
太宰治写给孤独又单纯的灵魂

17

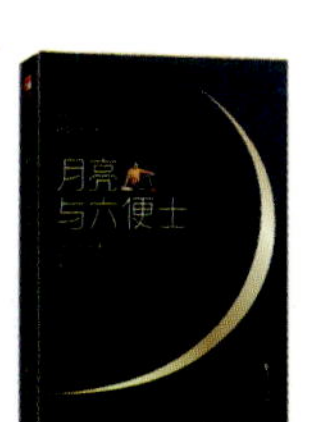

“满地都是六便士，他却抬头看见了月亮”
2017豆瓣阅读桂冠 靠口碑狂卖200万册

18

“爱与被爱，才是人生”
百家书店推荐的成长小说

19

“村上春树爱到背下来的书”
译者荣获美国“艾奥瓦大学荣誉作家”称号

20

“风从哪页吹起，便从哪页读起”
带您发现日常生活中的细节之美

21

“零基础轻松看懂艺术哲学”
提升艺术修养和审美品位

22

“让你灵魂震撼，重新热爱生活”
激发精神成长之书

23 

“一生总要读一次莎士比亚”
朱生豪之子朱尚刚认可推荐版

24 

“引导你走向成功的实用经典”
改善人际关系、提升情商和沟通技巧

★★★★★ 高中书单 ★★★★★

01 

“通俗通透讲解唐诗原意”
马未都亲笔推荐，读懂唐诗精髓

02

“带您直抵生活美学源头”
马未都亲笔推荐，读懂宋词之美

03 

“心情低落时，瞬间被治愈”
陶渊明人生大智慧，帮您找到内心的桃花源

04 

“不愧是胡适的人生哲学智慧感悟”
帮助迷茫中的年轻人找到真实的自己

05

“胡适亲口讲述0到25岁成长细节”
足以影响你一生的名人传记

06 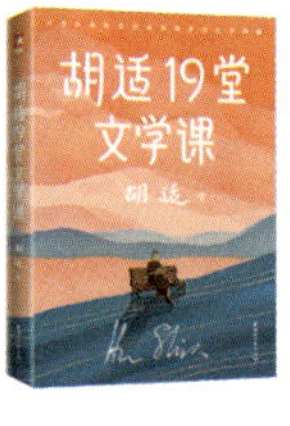

“有趣有料，带你轻松读懂文学史”
大师胡适写给年轻人的极简文学史

07 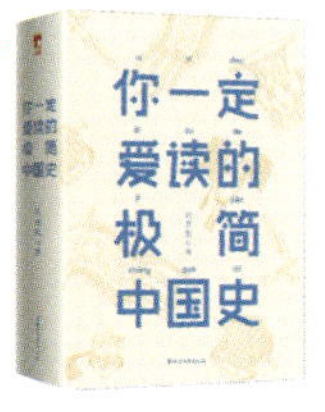

“一本书让你读懂五千年中国史”
吕思勉经典代表作，易中天推崇备至

08 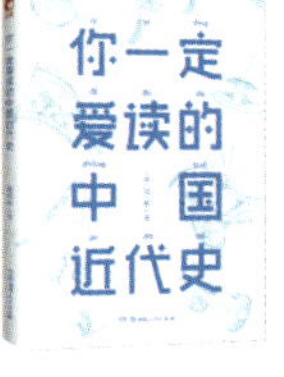

“了解近代史，就读蒋廷黻”
一书奠定“史学巨擘”，百年惟有蒋廷黻

09

“国学大师曹伯韩带你了解国学堂奥”
口碑相传70年，国学启蒙入门书

10

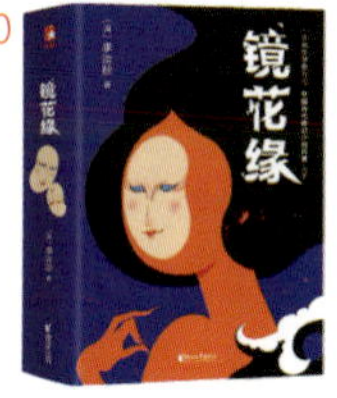

“小说版《山海经》，越读越有想象力”
写了33个奇幻国家的奇幻巨著

11

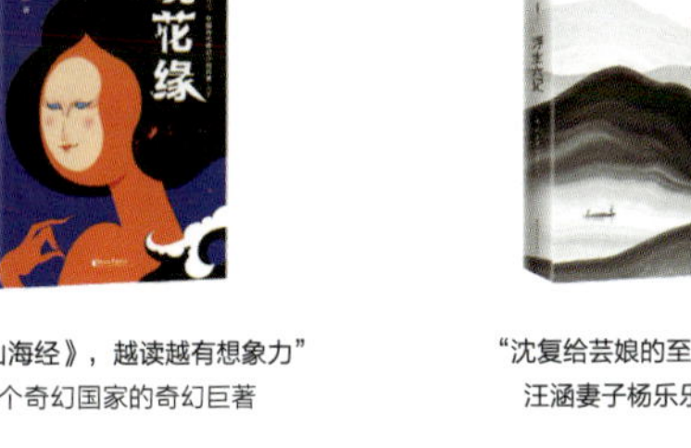

“沈复给芸娘的至美情书”
汪涵妻子杨乐乐同款

12

“讲透中国古典美学精髓”
上海国际学校指定必读译本

13

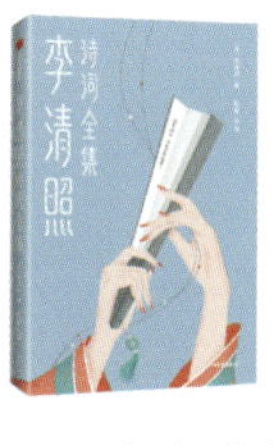

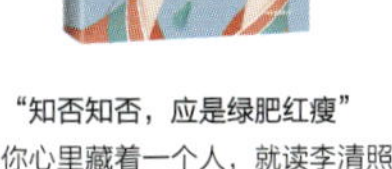

“知否知否，应是绿肥红瘦”
当你心里藏着一个人，就读李清照

14

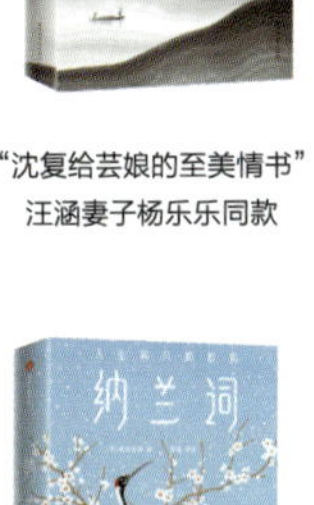

“人生若只如初见”
写尽人生的孤独悲伤，写透人间的美好无常

15

“大火烧不掉，我对你的爱”
传奇译者山飒荣获7项国际大奖

16

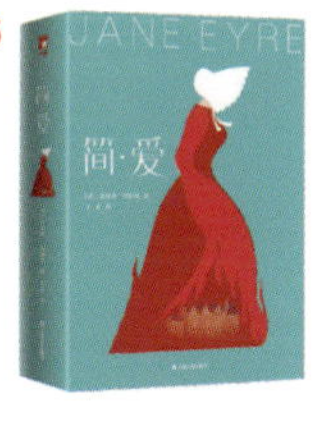

“人生在世，最美的事就是遇见了你自己”
每一个女孩都应该读的成长之书

17

“清华大学新生一人一本”
影响千万人生活态度，译者获屈原诗歌金奖

18

“路遥4次提及的精神成长之书”
陪伴无数年轻人度过艰难岁月

19

“如果回忆，那就只回忆愉快的往事”
托尔斯泰写了10年的心血之作

20

“当女儿背叛父亲，人生有何意义”
法语翻译界泰斗傅雷经典全译本

21

“那是最好的时代，那是最坏的时代”
狄更斯经典代表作

★★★★★ 作家榜经典文库® ★★★★★

经典是天上的星光，照亮你我每个良辰。

★★★★★ 3-6岁书单 ★★★★★

01

“每天诵读5分钟，打好国学基本功”
影响孩子一生的国学经典

02

“3~6岁宝宝第一套睡前故事”
瑞典绘本女王，爱与想象绘本

03

“童话大王郑渊洁推荐版本”
让孩子爱上阅读，快乐轻松识字

★★★★★ 小学书单 ★★★★★

01

“深入浅出从尧舜时代讲到民国北伐”
故事版极简中国史，图文并茂通俗有趣

02

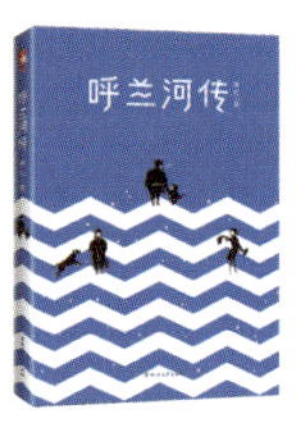

“人生除了冰冷和憎恶，还有温暖和爱”
萧红105周年诞辰纪念版

03

“鲁迅经典小说全集”
中国白话文小说里程碑

04

“温暖无数读者的经典散文名作”
展现鲁迅温暖、童趣的内心世界

05

“幸福的人，一生都被童年治愈”
童话大王郑渊洁推荐版本

06

“让孩子拥有自由、喜悦与充满爱的心灵”
加拿大“绿山墙的安妮博物馆”推荐版

作家榜经典文库®

全球百大经典名著®

感谢您选择大星®文化出品的作家榜经典。

全新国民阅读品牌“作家榜经典文库®”，致力于为新一代读者提供值得反复阅读和激发心灵成长的经典好译本。自 2017 年诞生以来，推出了一本又一本经典畅销书，深受读者认可。

作家榜经典文库系列，精选经典中的经典，由诗人、作家、学者译注，在全国读者、各界名人、各大媒体中引发口碑热传，一纸风行。

马嚼子，站在地上看着大个儿莫纳，带着几分激动和无比钦佩的心情，说：

“太好了！”

但是很快钟声响了，聚集在我们周围等着看热闹的人纷纷散开。莫纳因没能摔倒敌手而悻悻不乐，转过脸去，绷紧着脸说：

“下次再跟他算账！”

直至中午，教室里的气氛像假期来临，时而有一些有趣的插曲和说话，而那个喜剧演员兼学生则是里边的中心人物。

他介绍情况，说他们被严寒所困，不想组织没人来观看的晚上的演出，他们决定让他白天上学散散心，由他的同伴负责饲养岛上的飞禽和聪明的山羊。然后他讲述他们在邻近地区旅行时，有一次一场倾盆大雨泻落在马车的破铅皮车顶上，而他们又必须下车在旁边推轮子时的情景。最里边的孩子也离开课桌到近处来听。不太罗曼蒂克的人趁此机会到炉子边上烤火。但过了不久他们也被好奇心所驱使，竖起耳朵，把身子移近饶舌的人群，另一只手还按在炉盖上方，以便占一个位置。

索雷尔先生带着学校教师所有的、有点天真的好奇心听他介绍，还提了一大串问题：

“你们靠什么为生？”

那男孩犹豫了一阵，好像他从来没有关心过这类细节问题。他说：

“我想是靠我们去年秋天挣下的钱哪。是加纳什负责管账。”

没有人问他谁是加纳什。但我猜想是昨天晚上卑劣地从后面算计莫纳，把他弄翻在地的那个大混蛋。

第四章　神秘庄园的地点

下午带来的是同样的乐趣，整堂课，同上午一样混乱骚动、调皮捣蛋。吉普赛人又带来了其他珍贵的东西：贝壳、牌、歌谱，甚至还有一只小猴子；猴子躲在背包里边暗暗地抠背包……每时每刻，总得要索雷尔先生停下课来检查顽皮的男孩子从书包里掏出了什么东西……四点钟到了，只有莫纳一个人做完了习题。

大家都不急急忙忙地出去，似乎上课和课间休息之间已没有截然的界线，而过去这种截然的界线使得学校的生活十分简单，像白天和黑夜交替那样有规律。我们甚至忘了像平时那样，在四点差十分的时候报告索雷尔先生哪两个学生应该留下来打扫教室。我们平时是绝对不会忘记的，因为这是一种宣布和提早放学的方法。

事有凑巧，这天轮到大个儿莫纳打扫。早晨，我跟吉普赛人谈话时告诉过他，按照规矩，第一天来的新生理所当然地被指定做第二个值日生。

莫纳拿了充当点心的面包后就马上回到教室里来，而那个吉普赛人，我们等了好久仍不见影踪，一直等到夜幕开始降落时他才匆忙赶到……

我的同伴跟我说：“你留在教室里，等到我把他抓住了，你把他昨天从我那儿抢走的图拿回来。”

故而我坐在一张凭窗的小桌子前面，在落日的余晖中看书。我看到他们两人默不作声地搬移学校的长凳。大个儿莫纳沉默寡言，神色严峻，腰缠粗带，黑色的外套上的三粒纽子扣在背上；另一个既和气又烦躁，头上包扎得像个伤员。他穿着劣质短大衣，撕破了好几处，都是我白天没有发现的。他干起活来热情洋溢，甚至有点使蛮力——心急如火地搬动桌椅——脸上含着微笑。可以说他正在玩一种不同寻常的游戏而我们不解其中的奥妙。

就这样他们到达了教室最阴暗的角落，去搬动最后一张课桌。

在这个地方莫纳只要一抬手就可以把对手打翻在地而不叫窗外的人瞧见或听见。我不明白他为什么白白地放走了这么好的机会。那人现在已经回到教室门旁，借口活儿已经干完了，随时可以溜走。要那样我们就再也看不到他了，莫纳花了那么多时间寻找、拼凑、组合起来的地图从此就要付诸东流了……

每一秒钟我都在等我的伙伴向我示意或做一个动作说明战斗开始。可是大个儿根本不动，只是间或奇怪地直盯着吉普赛人的绷带，似乎有个疑团未解：傍晚半暗半明之中，绷带上渗出大块黑色斑迹。

最后一张课桌已经搬好，但仍旧什么风波也没有发生。

但当他们两人走向教室的前面，以便在门槛边再最后扫几下时，莫纳低着头，没有瞧我们的敌人，低声地说：

“您的绷带被血染红了，您的衣服都撕破了。”

那人看了他一下，并不是对他所说的话感到惊异，而是为自己所听到的话深受感动。

他回答说：“刚才他们在广场上想从我身上抢走您的地图。当他们得知我还是要回到这里来打扫教室时，就明白我要和你们讲和了。他们就群起而攻我，可我还是把图保存下来了。”他骄傲地添上一句，一边把折叠好的、宝贵的纸片递给莫纳。

莫纳慢慢地回眸朝我。

“你听到了吗？”他说，“他刚才为了我们打架、受伤，而我们还在给他设圈套呢！”

然后他停止了使用圣·阿加特小学生中不习惯用的“您”。

“你真是个好伙伴。”他说着，向他伸过手去。

喜剧演员拉着他的手，十分激动，等了一秒钟也没有出声，咽喉哽塞了……但很快他带着强烈的好奇心问道：

“那么说你们设了圈套啰！真有意思！我早就猜着了。我对自己说：当他们从我身上抢回地图，发现我在图上做了补充之后，一定会大吃一惊的……”

“补充？”

“喔！等一等！没有全部补充好！……”

他走近我们，不再故意装腔作势，而是郑重地、慢条斯理地添上一句：

“莫纳，现在是我跟您讲话的时候了。您去的地方我也去了，我也参加了这次不同寻常的节日活动。当班上同学跟我谈起您神秘的奇遇时，我猜想一定是那座古老的、偏僻的庄园。为了确有把握，我抢了您的地图……但我和您差不多：我不知道城堡的名字，也不知道怎么样回去；把您从这儿带到那儿的道路，我也不全部认识。”

我们怀着多么激动的心情，多么十足的好奇心，多么深厚的友情紧靠在他的身边！莫纳贪婪地向他提问题……我们两个人仿佛觉得，只要我们强烈坚持要我们的新朋友讲，即使他自己声称不了解的事情我们也能叫他说出来。

“您自己看吧！您自己看吧！”年轻人有点厌烦和为难地说，“我在您的图上加了一些您所没有的标记……我能干的就是这些。”

然后，他看到我们充满钦佩之心和热情，却很忧郁和骄傲地说：

“喔！我想最好还是告诉你们：我和其他的孩子不一样。三个月以前，我曾想朝自己头上开一枪。就为这个缘故，你们看见我头上老缠着绷带，活像个一八七〇年的塞纳河卫军……”

“今天下午，你一打架，伤口又裂开了。”莫纳友好地说。

但那人并没有在意，而是继续用有点夸张的口吻说：

“我想死，但没有死成。我继续活着只是为了像孩子一样，像吉普赛人那样寻欢作乐。我抛弃了一切，我再也没有父亲和姐妹，再也没有家庭和爱情……什么也没有了，只有寻欢作乐的朋友。”

“这些朋友已经背叛了您。”我说。

“是的。”他急切地回答，“这要怪那个叫德卢什的。他猜到我要和你们结成一伙了，就煽动那帮人不要再跟我走。那帮人本来紧紧掌握在我手里的。你们亲眼看到了昨天夜里进攻战是怎么组织的。干得多漂亮啊！我从孩提时候起，还是第一次指挥得那么成功……”

他沉思了一会儿，然后追加一句，以使我们不要误解他的意图：

“今天下午我所以转向你们，那是因为——我今天上午才发现——和你们在一起比和所有其余的人在一起更有劲。德卢什尤其使我反感。十七岁的人装大人，亏他想得出来！没有什么东西比这更使我反感了……你们想我们可以捉弄他吗？”

“肯定能，”莫纳说，“可您能和我们在一起待很久吗？”

“我不晓得。我很希望如此。我十分孤独，我只有加纳什……”

他的狂热、他的诙谐顿时化为乌有。好一阵子他又陷入绝望之中，估计这和他某一天产生自杀念头时的情绪是一样的。

他突然说：“做我的朋友吧！你们瞧，我已经知道了您的秘密，我为了保守这个秘密而冒犯了众人。我可以把你们重新引上你们迷失了的道路上去……”

他几乎是庄严地补充说：

“即使到了我离开地狱只有两步路的那一天——我有一天曾经如此——请仍旧做我的朋友……请你们起誓，当我这样叫你们的时候（他马上发出了一种奇特的叫声：“胡——虎！”……），你们一定要搭理我……您，莫纳，请您先起誓！”

我们就起誓了。我们实际上是孩子，一切比普通情况更为庄重、更为严肃的事对我们都有吸引力。

“作为报答，”他说，“我现在把我能告诉你们的都告诉你们：城堡女孩子一般在巴黎过复活节和圣灵降临节[1]。她在那度过整个六月份，有时候冬天也住上一个时期。我把她在巴黎的房子告诉您。”

这时，黑夜之中，一个陌生的声音在大门口叫了好几遍。我们猜到是加纳什。他大概不敢或者不知道怎样穿过院子进来。他声音很急，带着焦急的感情，有时叫声很高，有时很低：

“胡——虎！胡——虎！”

年轻的吉普赛人怔了一下，整好衣衫准备走了，莫纳对他叫道：

“说！快说啊！”

年轻人很快地告诉了我们巴黎的一个地址，我们轻轻地重复。然后，他奔向阴暗之中去会他在栅栏处的同伴，把我们置于难以言喻的心神不宁之中。

1 复活节是每年春分满月后第一个星期日，圣灵降临节是复活节后的第五十天。

第五章　穿轻便布鞋的人

这天夜里，凌晨三点钟左右，住在集镇中心旅店的主人德卢什寡妇起来点灯，因为当时住在她家的小叔子迪马四点钟要上路。这位愁眉不展的老实女人在漆黑的厨房里忙着准备咖啡。她的手因为过去烫伤过而老是弯转着。天很冷，她在短衫外面加了一条披肩，然后一只手拿着点燃了的蜡烛，另一只手——坏的那一只——提起围裙在蜡烛边挡风。她穿过堆满空酒瓶和肥皂箱的院子，打开充当母鸡鸡舍的柴间的房门取柴爿……但是她刚把门推开，一个人从暗处蹿出来，使劲把手里的鸭舌帽一挥，空气发出呼呼的声音，扑灭了烛火，同时也把那女人摔倒在地，他拔腿就跑，而里边的母鸡和公鸡惊恐万状，又是叫，又是跑，闹得不可开交。

一会儿以后，等到德卢什寡妇惊魂稍定，她发现这个人在一只布袋里带走了十来只最好的小鸡。

他拔腿就跑，而里边的母鸡和公鸡惊恐万状，又是叫，又是跑，闹得不可开交。

嫂子一嚷，迪马闻声赶到。他发现这个无赖为了进来，用一只假钥匙打开了小院子的门，现在他已从原路逃跑而没有把门关上。迪马是个对付偷猎人和窃贼有经验的人，他立刻点燃一盏车灯，一只手擎着，另一只手拿着装上子弹的步枪，尽力跟着小偷的足迹走。足迹很不明显——那人大概穿的是轻便布鞋——一直把他引到通向车站的大路上，然后在一片草地的栅栏前面消失了。他被迫停止搜索，抬起头来，止住脚步……听到远处公路上一辆马车疾驰逃跑的声音……

寡妇的儿子雅斯曼·德卢什也已起来，匆匆戴上斗篷帽，穿上轻便鞋出去，把集镇前前后后巡视了一番。一切都在沉睡，一切都浸沉在黎明前的黑暗和寂静之中。等他到了四路广场，他也和他叔叔一样，只听到很远的地方——在里约特的山岭上有辆马车的声音，拉车的马一定奔得四蹄朝天。他是个狡黠和喜欢自吹自擂的人，就对自己说——他以后又带着难听得要命的蒙特吕宋城郊的大舌音向我们重复叨唠：

“这些人奔车站去了，但这并不等于说我不能在集镇的另一头‘撞见’别的人。”

于是他回头朝教堂的方向走，前进在同样的夜晚的寂静之中。

广场上吉普赛人的车厢里亮着一丝灯光，估计是有人生病了。他正想走上去打听个究竟时，突然看见一条悄然无声的黑影，穿的是轻便布鞋，从“小角落”方向飞跑而来。来者什么也没有瞧见，径直奔向马车的踏脚板……

雅斯曼认出是加纳什的走路姿势，就冷不防地走到亮光之下，轻声问他：

“怎么了？出了什么事？”

那人神色惊恐，头发蓬松，牙齿缺欠，停下来瞧着他，因为害怕和气喘而张口结舌。他上气不接下气地回答：

“伙伴病了……昨天下午他和人打架，伤口又豁开了……我刚才去寻嬷嬷去了。”

雅斯曼感到很奇怪。但当他准备回家睡觉时，果然在集镇中心遇上了一个匆匆赶路的修女。

第二天早晨，圣·阿加特好些居民走出家门时，因为一夜没有睡好而睡眼惺忪。家家户户都是一片义愤填膺的呼喊声。喊声像一串火药，点燃全镇。

凌晨两点钟纪洛大家里的人听到有辆大车停下来，有人匆忙地往上装包，但这些包包落在车上却是软绵绵的。屋里只有两个妇女，她们吓得不敢动弹。到了天亮，她们打开家禽饲养场的门一看，才明白所说的包包实际上装的是她们的兔子和家禽……米莉在第一次课间休息时发现洗衣房的门口有好几根点了半截的火柴杆。人们得出结论说他们对我们住所的情况还摸得不透，没能够进来……在佩勒、布雅东和克雷芒家，大家以为他们的小猪被偷走了。但到上午挖生菜时又发现这些猪都在别处的花园里：这批牲畜利用夜晚门打开着的机会，做了一次小小的夜间散步……差不多到处都有家禽被偷；但是事情到此为止。面包商比尼奥太太家里没有养家禽，尽管她成天嚷嚷人家偷了她的捶衣杵和一磅靛蓝，但是这件事从来没有得到证实过，也没有登记报案……

整整一上午大家都疯疯癫癫、惊骇万分，嚷个没完。雅斯曼也在班上讲述他夜间的所见所闻。

“啊！这帮人真鬼！”他说，“但要是他们有一个人被我叔叔撞见了，我叔叔说过：‘我一定像打兔子似的把他毙了！’”

他还瞧着我们添上一句：

“幸亏叔叔没有碰上加纳什，否则他也会开枪的。我叔叔说他们都是一丘之貉，代塞涅也是那么说的。”

但是谁也没有想到去追究我们的新朋友们。只是到了第二天晚上，雅斯曼才告诉他叔叔说加纳什也像小偷一样穿的是轻便布鞋。他们两人一致意见是应该去报告宪兵，秘密地商定一有空就到县政府所在地去报告宪兵队长。

以后的几天，年轻的吉普赛人因伤口轻微开裂而没有露面。

晚上，我们到教堂广场去转悠，目的是为了去看看马车红帘子背后的灯光。我们焦灼不安、头脑发烧，伫立在那儿不敢靠近简陋的篷车。它在我们的眼里好像是条神秘的过道，也是我们迷失去向的乐土的接待室。

第六章　幕后的争论

过去几天的种种忧虑和各种骚扰使我们没有注意到三月份已经来临，风势也已和缓。但是，这桩意外事件发生以后的第三天早晨，我下楼到院子里去，突然发现春天来了。舒适的和风像暖流在墙垛上面流过，无声的细雨在夜里浸湿了芍药的绿叶；翻过土的花园弥漫出一股强烈的气息，我听到隔壁窗前的树梢上一只鸟儿正在啾啾学唱……

第一次课间休息时，莫纳说起要把吉普赛学生标明的路线图立即付诸试验。我费了好大的口舌才说服他：等到我们再次碰到我们的朋友之后，等到天气正式变好之后……等到圣·阿加特桃花盛开之后再做定夺。我们双手插在口袋里，光着脑袋，身子靠在小胡同的矮墙上聊天。有时候，寒风使我们冻得发抖；有时候，阵阵温风吹起我们身上难以言喻的、旧日深切的激情。啊！兄弟，挚友，游客！我们两人都深信幸福已经临近，似乎只消我们一上路就可以得到！……

中午十二点半吃饭时，我们听到四路广场上传来一阵鼓声。一眨眼的工夫我们已经跑到小铁栅栏门口，手里还拿着我们的餐巾……原来是加纳什正在宣布："考虑到天气晴朗"，今晚八点钟在教堂广场举行盛大的演出；"为了以防万一下雨"，还将搭起帐篷；下面就是一长串引人入胜的节目内容。但是风向转了，我们只隐约听到"哑剧……歌曲……惊险马术……"，每句话后都伴随着一阵新的鼓声。

吃晚饭的时候，大铜鼓到我们窗下来敲开锣戏鼓，鼓声把窗玻璃都震得颤动了。接着，城郊的人叽叽喳喳，纷至沓来，走向教堂广场；而我们两个人还被迫留在那儿吃饭，急得直跺脚！

到了九点钟左右，我们终于听到小铁栅栏那儿的擦脚声和低沉的笑声：是女教师们来找我们了。我们在一片漆黑之中一起出发到演喜剧的场地去。我们老远看见教堂的墙壁好像是被熊熊的大火照亮，大木屋前面两盏点燃着的汽灯在随风晃荡……

木屋里边，梯级安放得像在马戏团里一样。索雷尔先生、女教师们、莫纳和我都坐在最下边的长凳上。我又看看这块地方，它很狭窄，也像真的马戏场一样，一层层的人影，里边有面包师比尼奥太太、杂货商费尔芒德、镇上

市屋里边，梯级安放得像在马戏团里一样。
索雷尔先生、女教师们、莫纳和我都坐在最下边的长凳上。

的花姑娘、铁匠以及不少太太、小孩、农民和其他人。

演出已经过去一大半。人们看见台上一只聪明的小山羊，乖乖地把四只脚踩在四只玻璃杯上，然后踩在两只上，然后全都踩在同一只玻璃杯上。山羊由加纳什轻敲教鞭、慢慢地指挥，一边朝着我们看，目光呆滞，口半开着，神情是那么忧郁。

我们也认出我们的朋友——马戏演员，穿着黑色的紧身衫裤，额上扎着绷带，坐在一张凳子上。凳子靠近两盏汽灯，就在舞台通向篷车的地方。

我们刚坐下，一匹全副鞍辔小马跳进了场地。受伤的年轻人指挥它表演了好几招。当要它指出观众中谁是最可爱的人或最勇敢的人的时候，它总是停在我们之中的一个人前面；但当要它指出谁最爱撒谎、最吝啬或最会"闹恋爱"时，它总是停在比尼奥太太面前。于是在她周围老是发出阵阵笑声、闹声和嘎嘎声，好像一条猎犬在赶鹅群！……

幕间休息时，这位马戏演员过来和索雷尔先生聊了一会儿天。索雷尔先生即使和塔尔玛或莱奥泰尔[1]谈话也不会感到这么光彩的。我们对他讲的话特别关注：伤口——已经愈合了；今天的演出——入冬以来他们就准备了好长

1 塔尔玛（Talma）和莱奥泰尔（L'otard）都是法国十九世纪著名悲剧演员。

时间；出发的日期——他们月底之前不会走，因为直到那时他们认为可以演出不同的新节目。

演出应以一个大型的剧告终。

休息快结束时，我们的朋友离开了我们。为要回到旅行篷车去，他必须从占了通道的人群之中走过去。我们蓦地发现人群之中有雅斯曼·德卢什。妇女们和姑娘们都纷纷闪开让道。演员这一身黑礼服，他那副受伤的神态，又奇特，又勇敢，使她们都为之倾倒。

至于雅斯曼，好像此时他刚从外面旅行回来，正在和比尼奥太太轻声地，但很热烈地交谈。很明显，细领带、低领头、大象裤更能够吸引她……他将大拇指插在上装的翻领后边，一副架势既像自命不凡又似十分尴尬。

当吉普赛人走过他身旁时，他恨恨不休，大声地跟比尼奥太太讲了几句话。我虽然听不到，但肯定是骂人的话，是向我们的朋友发出的挑衅的话，话里估计包含着严重的威胁，完全出人意料之外，致使年轻的吉普赛人身不由己地转过身来，盯着对方；而被盯的人为了不至于仓皇失措，就嘻嘻哈哈，用肘子推推邻座的人，好像要他们跟他站在一边……所有这一切发生在仅仅几秒钟的时间里，我无疑是我们这条板凳上唯一看清这一幕的人。

驯兽人走到遮挡旅行篷车入口的帘布后边去找他的同伴去了。每个人都爬上梯级，回到自己的座位上，心想演出的第二部分快要开始了，场内变得一片肃静。当前台最后的几句轻声的谈话停了下来，帘幕后边却传来争吵的声音。我们听不见他们说的是什么，但我们听出是两个人的嗓门——大家伙的嗓门和年轻人的嗓门。第一个人在解释，在辩白；另一个既愤怒又悲戚地责怪。

“真是混！”后者说，“你为什么不和我早说呢？……”

尽管我们大家都侧耳细听，但我们都听不到下文。接着突然一切都不响了。争吵声低声地继续；于是坐在较高梯级上的小孩开始跺脚，并且喊道：

“亮灯！拉幕！”

第七章　吉普赛人拉开了绷带

终于，一副长长的戴面具的丑角的面孔——道道皱纹、粘着小面团，时而因为快乐，时而因为忧伤而眼睛睁得大大的面孔——慢慢地从帷幕之间探出来。面具由三部分马马虎虎地连接而成，丑角弯缩着肚子好像得了泻病，因为过分谨慎和过分担忧而踮着脚尖走路，两只手被裹在袖筒里，而袖筒长得能拖着地。

我今天已经不能再把哑剧的剧情串起来。我只记得他一上台就尽力想要站住脚，但毫无用处，结果倒了下来。他想爬起来，可惜是白费劲:他已经身不由主，总是摔倒。他不停地摔倒，一下子撞翻了四把椅子，把人家拿来放在台上的一张大桌子也绊倒了。最后，他乃至摔倒在戏台的栏杆外边，倒在观众的脚上。从观众那里招募来的两名助手使劲拽他两只脚，费了九牛二虎之力才使他站起来。他每次摔倒时，都轻叫一声，每次叫声各异，里边快乐和苦恼的成分各占一半，让人听了受不了。结束时，他爬在椅子摆成的脚手架上，手脚张开慢慢地跳下来，同时发出胜利而又可怜的尖叫声，直到他落地时叫声才停止，吓得妇女们惊叫不已。

哑剧的第二部分我讲不出一个所以然，只看到“可怜巴巴、老是摔跤的丑角”，从一只袖筒里拿出一只塞满秕糠的布娃娃，和娃娃演了整整一出悲喜剧。末了，他让布娃娃从口中吐出肚子里所有的秕糠，然后，他一面发出小声的令人怜悯的叫声，一边给娃娃灌粥汤。正当大家聚精会神的时候，正当所有观众张着嘴，眼睛直盯着可怜的丑角的那个浑身粥浆、撑破了肚皮的小布娃娃瞧的时候，他蓦地抓住娃娃的一条胳膊一甩，往外使劲扔去；娃娃飞过观众的头上，打中雅斯曼·德卢什的面孔。布娃娃弄湿了他的一只耳朵，然后平平地掉在比尼奥太太下巴颏下面的胃上。女面包商大叫一声，往后一仰，她的左右邻座也学着她的样子，结果长凳折了：面包商、费尔芒德、多愁的德卢什寡妇，还有二十来个人都倒了下去，两腿朝天。顿时周围迸发出阵阵欢笑声、叫喊声和鼓掌声。这时，大个儿丑角脸贴地被推倒了，又重新站起来，表示敬礼，并且说：

“先生们，女士们，我们荣幸地向你们表示感谢！”

就在这个时刻，在喧闹的人声之中，从哑剧开始演出以来一直沉默不言，并且一秒钟比一秒钟更陷入沉思的大个儿莫纳蓦地站了起来，抓住我的胳膊，仿佛无法控制自己，对我嚷道：

“瞧吉普赛人！瞧！我终于把他认出来了！”

我还没有瞧一下，就明白是怎么回事了。好像长期以来，这个思想始终在我心里不知不觉地孕育着，只等时辰一到就可脱壳而出。年轻的陌生人站在一盏汽灯下，靠近旅行篷车的门口，他已经解掉了头上的绷带，肩上披着一件披风。人们在烟雾弥漫的光线下，如同不久前在庄园房间里的烛光下所瞧见的一模一样，看到一张细腻、弯鼻子、没有小胡子的脸蛋。他面色苍白，嘴唇微张，正在匆匆地翻阅着一种小型的红本子，大概是一本袖珍地图册。他太阳穴上多了一道伤痕，但被浓密的头发所遮挡。除此之外，他的模样完全像大个儿莫纳向我细致地描述过的那样，他就是陌生庄园里的新郎。

很明显，他去掉绷带是为了让我们认出来。但大个儿莫纳刚做了这个动作和发出这个叫声，年轻人已经走进旅行篷车。进去之前，他还向我们递了一个使我们心领神会的眼色，微微一笑，如同他平时笑的时候一样，似带惨怛之意。

“而另外的一个！”莫纳激动地说，“怎么我会没有一下子认出他呢？他就是那边节日里的比埃罗呀！……”

他马上下梯级向他走去。但是加纳什已经切断所有和舞台相通的过道；他把马戏场的汽灯一一熄灭，我们只得跟着人流，沿着平行的长凳极其缓慢地走在阴暗之中，心里着急得直跺脚。

大个儿莫纳终于到了外边，马上奔向旅行篷车。他登上踏脚板，用力打门，但所有的门窗都已关闭。无论是在装有帘布的马车里，还是在载有小驹、山羊、聪明的飞鸟的马车里，估计所有的生物都已回去，并开始入睡。

第八章　宪兵

我们得赶上先生们和女士们，他们正从阴暗的街道回转到学校去。这次我全都明白了。节日活动最后一天的晚上，莫纳看见在树林里边奔走的高大人影正是加纳什，他收留了万念俱灰的新郎，和他一起远走高飞。新郎同意过他那种野蛮人的生活：充满危险、成天游戏和到处游历。他似乎又开始了童年生活……

弗朗兹·德加莱对我们始终隐姓埋名，假装不认得去庄园的路途，大概是害怕被迫回到父母的身边；但是这天晚上他怎么会突然心血来潮让我们认出他来，并且让我们悟出全部真相呢？……

当观众的人流缓缓地流过集镇时，大个儿莫纳心里作了多少盘算啊！明天是星期四，他决定天一亮就去找弗朗兹。他们两人一起出发到那儿去！在潮湿的公路上旅行将是何等的愉快！弗朗兹将详细解释；一切都将会安排得很好。美妙的奇遇将从它中断的地方再继续下去……

至于我，我在黑暗之中前进，心潮起伏，难以言喻。一切都混淆在一起：从盼望星期四到来的小小的快乐，到我们刚才的特大发现，一直到降临到我们头上的千载难逢的机会，一件件，一桩桩，都使我高兴。我至今仍旧记得，我当时心里忽然慷慨起来，走近公证人最丑的女儿身边，主动地把手伸过去。在平时，要人家逼着我，我才肯干这种差使。

苦恼的回忆啊！破灭的幻想！

第二天早晨，刚八点钟，我们两人穿着油光雪亮的皮鞋，束着擦亮的腰带，戴上崭新的制帽，赶到了教堂广场。莫纳看着我时一直在克制自己不要露出微笑，这时候突然惊叫起来，扑向空无人影的广场……原来搭木屋和停马车的地方，现在只剩下一只打碎的坛子和一些破布，吉普赛人已经远走高飞了……

冰冷的微风刮在我们身上，我们似乎每走一步都会绊倒在铺满卵石、硬邦邦的土地上。莫纳简直疯了。他做了两次向前冲的动作，第一次朝老南赛的方向，第二次朝林中的方向。他把手遮在眼睛的上方，还一度希望我们要找的人刚出发不久。怎么办呢？广场上车轮的痕迹有十几条，相互交叉，但到了公路的硬路面上就纷纷消失。我们只能停留在那儿，无可奈何。

当我们穿过村子回家时，村子里上午的生活已经开始。四个宪兵昨天夜里得到德卢什的告警，骑马飞驰来到广场上，然后穿街走巷分散开来，以便把守住所有的出口，仿佛龙骑兵在侦察村子的地形……但太迟了。偷鸡贼加纳什已经和他的伙伴逃走，无论是他还是那些帮他把家禽掐死并装上车的人，宪兵一个也没有找到。由于雅斯曼讲话不慎，泄漏天机，弗朗兹得以及时闻讯：他大概恍然明白过来每当旅行篷车里的钱箱空了的时候，他的同伴和他究竟是靠什么吃的。他恼羞成怒，马上制定一条路线，决定在宪兵来到之前就远走高飞。他已不用担心人家会把他带回他父亲的庄园去，于是想在销声匿迹之前让我们看看他没有绷带的真面目。

但有一点始终叫人迷惑不解：加纳什怎么能同时去家禽场偷窃和请嬷嬷来替他发烧的朋友治病？这岂不是一则完整的善心魔鬼的故事？一方面是小偷和拦路抢劫犯，另一方面是个心地善良的大好人……

第九章　寻找迷失了的小路

我们回去时，太阳正驱散着清晨的薄雾，主妇们正在家门口敲打地毯或者聊天。集镇的边缘、田野和森林里春天的最美好的一个早晨开始了，它永远留在我的记忆之中。

这个星期四，高级班的学生应该八点钟左右到校：上午，有些人要准备毕业考试，有些人要准备师范学校的入学会考。当我们两人赶到学校时，莫纳懊丧万分，心情激动，老是平静不下来，我也垂头丧气，一蹶不振；可学校却是空荡荡的不见人影……一抹清新的阳光照射在长了藓苔的长凳的尘埃上和油釉已经剥落的地球仪上。

所有的一切都在召唤我们到外边去：鸟儿在近窗的枝条上相互追逐，其他学生已经遁向草地和树林，尤其是我们强烈地想要把虽然尚未完整，但已经被吉普赛人审核过的线路付诸试验——这是我们几乎空空如洗的囊中的最后一个法宝，是试用了所有钥匙后剩下的最后一把……我们怎么能在里边待得住，坐在书本前面品尝我们失望的滋味呢？……我们已经身不由己了！莫纳来回踱步，走到窗边往花园里瞧瞧，然后回来朝集镇的方向眺望，仿佛他在等一个肯定不会来的人。

“我的想法……”他说，“我的想法是可能庄园不是我们想象的那么远……

“弗朗兹从我图中划掉了好长一段我画在那儿的公路。

“这可能意味着牝马在我睡着的时候徒劳无功地绕了一个大弯子……”

我半坐在一张大桌子的角上，一只脚摇晃着，沉着脑袋，垂头丧气，无所适从。我说：“可你坐轿式马车回来时，也整整走了一夜啊！”

“我们是午夜才出发的。”他回答说，“他们清晨四点钟就让我在离圣·阿加特六公里的地方下车了，而我出发时是从车站大路向东走的。所以圣·阿加特和偏僻之乡之间，还应扣去六公里的路程。

“说真的，我总感到一出我们村的树林子，离我们要找的地方不会超过两古里。”

“但你的图上正是缺少了这两古里。”

“是的，树林的出口处离这里只有一古里半。会走路的人半天就走到了……”

这时候穆什伯夫来了。

这人有一个令人讨厌的毛病，那就是喜欢充当好学生，但并不是靠自己的超过别人的努力，而是靠像现在这样的情况下来炫耀自己。他得意非凡地说：

“我早就猜着了，只有你们两个会在这里，别的人都奔树林去了。带头的是雅斯曼·德卢什，他清楚哪里有鸟窠。”

为了装出他是个好门徒，他开始叙述这帮学生如何不把学校、索雷尔先生和我们放在眼里而决定去远足。

“要是他们在林子里，我路过的时候想必能遇见他们。”莫纳说，“我也要去了，中午十二点半左右就可以回来了。”

穆什伯夫很尴尬。

“你跟我去吗？”奥古斯丁问我。他在半掩半开的门口停了一秒钟——这使种种嘈杂声、叫喊声、鸟鸣声、水桶碰撞井台声和远处的马鞭声，夹在被太阳晒温的气流里传进灰色的教室。

尽管出去玩的诱惑力十分强烈，我还是说：“不，为了索雷尔先生，我不能去。你要快走快回，我会等你等得心焦的。”

他做了个模糊的手势就飞快地走了，心里充满希望。

当索雷尔先生十点左右到来时，他已经脱掉了羊毛大褂，换上了渔民式的短外衣，上衣上有带纽扣的大口袋，头戴草帽，一双清漆色短绑腿扎着长裤的下端。我敢肯定他当时发现教室里没有什么人并不感到惊奇。穆什伯夫向他重复了三遍同学们说的话：

“他（指老师）若需要我们就让他自己来找我们。”

可索雷尔先生根本不要听，他关照说：

“把你们的东西放好，带上你们的鸭舌帽。这回让我们去掏他们的窝……弗朗索瓦，你能坚持一直走到那儿吗？”

我表示能行，于是我们就出发了。

我们说定由穆什伯夫领着索雷尔先生，为他吹诱鸟笛……也就是说，他晓得那些掏鸟窝的人在林子的哪里，他就得不时地放开喉咙喊叫：

“喔！喔啦！纪洛大！德卢什！你们在哪儿啊？……有吗？……你们找到了吗？……”

至于我，我的任务是沿着树林东边的边缘走，以防逃学的学生从这边溜跑。这差使真叫我高兴。

被吉普赛人修正了的、我和莫纳多次琢磨过的地图里有一条一笔勾出来的路——一条土路——正从这树林出发，通向庄园的方向。要是我今天上午能发现这条路该有多好！……我开始认定中午之前我在半路上能找到通向偏僻小城堡的路。

愉快的远足！……一过勒格拉西，绕过磨坊，我就离开了我的两个同伴：一个是索雷尔先生，人家看他这身打扮会说他是打仗去的——我相信他把一支旧手枪放在衣袋里；另一个是叛徒穆什伯夫。

我抄近路走，不一会儿就到了树林边。这是我生平第一次独自一人穿过田野，像是个被班长失落了的巡逻兵。

我想象我自己已经接近莫纳某一天曾经看到了的神秘的幸福。整个上午都是属于我的，我可以到林边去探索，踏看当地最清新、最隐蔽的处所；而与此同时，我那位大哥哥也出发去发现新天地了。这里好像是过去的河床。我从那我叫不上名字、大概叫桤木的低矮的树枝下钻过。刚才我在小径的尽头跳过了一垛篱笆，现在正行进在茂林密叶下，绿茵茵的草皮铺成的路上，有时踢着了草麻，有时踩断了较高的缬草。

偶尔，我的脚有几步踩在一条细沙带上，在静谧的环境中，我听到一只鸟在歌唱——我想象是只黄莺，但估计这个想法是错误的，因为黄莺只是在晚上才歌唱——这只鸟唱来唱去是同一句话：整个上午树荫之下的这叫声、这话语是在请你去桤木树丛中旅行。我看不到这只鸟，但它却非常固执，似乎在树之下伴随着我。

我生平第一次也走上了历险的道路。

这次可不是在索雷尔先生的指导下在水里寻觅废弃了的贝壳，也不是采一些学校的老师们所不认识的红门兰，甚至也不是像我们在马丁大爷的田地里常干的那样，去寻找那个深邃的、枯竭了的泉源——泉源在铁丝网之下，上面杂草疯长，我们虽然经常去寻，但一次总比一次更难找见……我现在所寻找的东西更为奥秘，是书里说的被堵塞了的古道，是一位精疲力尽的王子怎么也找不见入口的一个通道，这个地方在上午最迟的时候出现了。当人们早已忘记时辰，忘记了时间快到十一点钟，已近中午……当两只手犹豫不决地在前面左右不匀地拨开浓枝密叶的时候，突然发现了这个通道。它像一条长长的、阴暗的林荫道，出口处只有一小孔圆形的亮光。

我正在这等胡思乱想、自我陶醉的时候，蓦地走进了一块林中空地，它有点类似普通的草地。不知不觉之中我已经到达了集镇的边界而我本以为还远着呢。我的右首，在几支木桩之间，护林人的房屋在树荫之中传来一片嘈杂之声。两双长袜晾在窗台上。在过去的年代里，每当我们走进树林的入口处，总是指着林中大黑通道深处的一丝亮光处说："护林人的房屋——巴拉第埃的房屋就在那儿。"但我们从来没有一直走到那儿去过。我们有时也听人说："某人曾经一直走到护林人的房屋那儿！……"讲话的人和听话的人都感到那好像是一次了不得的远征。

可这次我自己一直走到了巴拉第埃的房屋，而我什么也没有找到。

我刚才没有觉得，现在开始感到腰酸腿痛，奇热难受。我正担心要独自一个人走回去，恰好听到离我不远的地方索雷尔先生的诱鸟笛——穆什伯夫的声音，接着又听到别人也在叫我……

这伙人中有六个大孩子，其中只有穆什伯夫这个叛徒得意洋洋，其余是纪洛大、奥贝热、德拉热等等。有了这只诱鸟笛，有的人正在爬林中空地独株的甜樱桃树时被抓住了，有的人是在掏绿啄木鸟的窝时被逮住了。眼皮浮肿、外套龌龊的傻瓜纪洛大把雏鸟揣在衬衣和皮肉之间的怀里。他的两个同伴——大概是德卢什和小高芬——一听到是索雷尔先生来了，就逃之夭夭了。他们先是和穆什伯夫开玩笑，叫他“穆什瓦什”，喊声在林子里引起不少回声。穆什伯夫受了奚落[1]，又傻乎乎地认为十拿九稳可以把他们逮住了，就反唇相讥：

“你们有种的下来！你们知道吗？索雷尔先生在这里……”

于是大家赶紧不作声，在树林里悄悄地溜跑。他们对树林的地形十分熟悉，所以别人甭想撵上他们。人们不知道大个儿莫纳上哪里去了，因为压根儿没有听到过他的声

1 “穆什伯夫”中的“伯夫”，法语写成 boeuf，意思是公牛。现在别人叫他穆什瓦什，而“瓦什”法语写成 vache，意思是母牛，所以穆什伯夫感到受了奚落。

有了这只诱鸟笛，有的人正在爬林中空地独株的甜樱桃树时被抓住了，有的人是在掏绿啄木鸟的窝时被逮住了。

音，只得停止搜索。

当我们向圣·阿加特回头走时，中午已经过了。大家满身尘埃，疲惫不堪，低着脑袋，步履迟缓。当我们走出树林，在干燥的公路上敲打鞋上的泥土时，太阳开始变得灼热。现在已不再是和风扑面阳光灿烂的春天的早晨了。

下午的闹声开始了。公路两边杳无人影的农庄里，隔一段距离有一只公鸡在啼，啼声悲戚凄凉！走下格拉西坡地时，我们停下来和田野里的工人聊了一会儿天。他们已经吃完午饭重新上工了。他们靠在栅栏上，索雷尔先生跟他们说：

“一帮捣蛋鬼！瞧这个纪洛大。他把小鸟揣在衬衣里，小鸟在里边随心所欲。这可好！……”

我感到工人们也在笑话我的狼狈相。他们一边笑，一边点头。但是他们对自己所了解的年轻人并不是一味责怪。等到索雷尔先生回到队伍里头，他们还向我们透露：

“还过去了一个人，一个大个儿，你们心里明白……他回来时大概遇上了格朗热的马车，人家让他搭车了。他就在那儿，他是在格朗热家门口的路边下的车，浑身是泥，衣服全撕破了！我们还告诉他，我们今天早晨看到你们打这儿经过，但至今还没有回来，他就慢慢地回圣·阿加特去了。”

果然，大个儿莫纳坐在格拉西桥的一根柱子上正等着我们，样子也已精疲力尽。索雷尔先生问到他，他回答说也是去找树林里的小学生去了。等到我轻轻地问他，他垂头丧气地摇晃脑袋，只回答说：

“不！没有！没有一处地方像那儿！”

午饭后外面春光明媚，他却关在黑洞洞的、没有人的教室里，坐在一张大课桌前面，头枕着胳膊闷睡了好长时间。这一觉睡得很沉。傍晚，他经过长时间的思考，好像才做一个重要的决定，开始给他母亲写信。

在这惨败的一天快要百无聊赖地结束时，我所能回忆起来的事情就是这些了。

第十章　洗涤

我们把春天的来临估计得过早了。

星期一下午，我们想跟在夏天一样，四点钟以后就做功课。为了光线亮一点，我们把两张大课桌搬到院子里。但是天空很快阴了下来；一滴雨水掉在本子上，我们赶紧往回搬。我们从暗下去的大教室里透过大窗户，默默地望着灰天之中云层翻滚。

莫纳这时和我一起在凝视。他一只手按在窗户的把手上，仿佛因自己身上有那么多憾事缠身而生了气，情不自禁地说起话来：

“我坐美星农庄的马车赶路时，云层的走向不是这个样的！”

“赶什么路？”雅斯曼问。

但是莫纳没有回答。

我说：“为了散散心，我倒宁可在滂沱大雨里撑着把

我们从暗下去的大教室里透过大窗户，默默地望着灰天之中云层翻滚。

大雨伞，坐在车里旅行。”

“而且还像在家里一样一路看书。”另一个人加了一句。

“那时节没有下雨，我也没有兴致看书。”莫纳回答说，“我只想着看那边的风景。”

但当纪洛大向他提问是什么地方的风景时，莫纳又不作声了。于是雅斯曼说：

“我知道……又是在说他那次奇遇！……”

他讲这话时的声调是缓和的、比较严肃的，仿佛他自己也有点涉足这桩秘密。但他再讲是白搭：人家对他不予理睬。天时已晚，大家掀起外衣遮在头上，冒着寒冷的瓢泼大雨，奔回家去。

一直到下一个星期四雨老是下个没完。这次的星期四比上一次的更为凄凉，整个农村沉浸在一种冰冷的雨雾之中，仿佛现在是冬天最坏的季节。

米莉以为这个星期四会像上个星期一样阳光明媚，让人洗了不少衣服。现在要把衣服晒到花园的篱笆上去的念头根本想也不用想，甚至连晾在顶楼的绳子上也不行，因为空气既潮又冷。

她和索雷尔先生商量对策，忽然想到可以把洗的东西晒在教室里，反正是星期四；还可以把炉火烧得通红。为了节省厨房和餐厅里的火，我们还可以在教室的炉子上做饭，反正我们打算在高级班的大教室里整整待上一天。

开始时，我把这桩新鲜事当作过节一样——我当时还十分年轻！

但这是悲惨的节日！……炉子发出的热量全被洗好的湿衣服吸收了，房间里仍旧冷得要命。院子里冬天的蒙蒙细雨无精打采地下个没完。我从九点钟开始就发现大个儿莫纳闷闷不乐。我们把头靠在大门的栅栏上，沉默不语，透过栅栏眺望集镇高处的四路广场有一队从农村来的送葬行列。棺材由一辆牛车拉来，已经卸了下来，放在十字架下的一块平石板上。不久前，屠夫正是在那儿遇见吉普赛人所布置的哨兵的。那个出色地指挥“攻坚战”的年轻上尉现在在哪里？……神父和唱诗班的人按照惯例走在棺材的前面，他们的哀歌一直传到我们的耳际。我们清楚这是今天我们能看到的唯一的一出戏，它将演出整整一天，犹如沟里的黄水流个不停。

突然莫纳说：“好吧，我要去准备行装了。索雷尔，我告诉你，上星期四我已经写信给我母亲，要她让我在巴黎结束学业。今天我要走了。”

他两只手抓在齐头高的铁栅栏条上，继续向集镇的方向凝视。他妈妈很有钱，什么都依着他，这次也依他了，这用不着问。为什么他突然希望远走巴黎，这也用不着问！……

但是肯定地说，他心里也一定很遗憾、很害怕离开亲爱的圣·阿加特，他的奇遇就是从这里开始的。至于我，一开始还没反应，但接着就感到心乱如麻。

“复活节快到了！”他叹了口气，向我解释道。

“你在那儿一找到她，马上会写信告诉我的，对吗？”我问他。

“那还用说？一言为定。你不是我的挚友和兄弟吗？……”

他说着把手搭在我的肩上。

我逐渐明白这下真的完了。他要在巴黎结束学业，我永远不可能再和我的大个儿伙伴在一起了。

要我们能再相聚，只能寄希望于巴黎的这所房子了。那儿也许能找到断了线的奇遇的踪迹……但是，现在看到莫纳自己都这样愁眉不展，这个希望对我来说是何等的渺茫！

我的父母亲也得知了；索雷尔先生显得很吃惊，但很快理解了奥古斯丁的心情；米莉是个家庭主妇，她想到莫纳的妈妈偏偏今天要来，她会看到我们家这样乱七八糟的情况，心中叫苦不迭……行李，很快就整好了。我们在楼梯下找出他星期天穿的皮鞋；衣柜里找出些衣服，还有他在学校里用的书籍和文具——总之，一个十八岁的青年在世界上所能支配的一切。

中午，莫纳太太乘车来了。她由奥古斯丁陪着在达尼埃勒咖啡店吃午餐，一等到马匹套上车，几乎不做任何解释就把他带走了。我们上前同他道别；马车在四路广场的拐弯处就消失了。

米莉在门前拍打她的鞋子，回到冰冷的餐厅去整理弄乱了的东西。我好几个月来又第一次独自一个人面对着漫长的星期四的夜晚，心里感到：随着这辆破旧的马车滚滚远去，我的少年时代也一去不复返了。

第十一章　我叛变了……

怎么办呢？

天气有点起色，好像太阳要露面了。

大房间里一扇门咯吱一声，接着再度陷入沉寂。我父亲有时穿过院子，提来一筒煤倒在炉子里。我看见白色的褥单、衣服挂在绳子上，但我一点也不想回到这个改装成晒衣场的凄凉的地方去，面对着年终考试发愁。这场考试同时也是师范学校的入学考，这该是从今以后我所操心的事了。

奇怪的是，在这个使我闷闷不乐的厌烦情绪之中夹杂着类似一种自由的感觉。莫纳走了，这场奇遇也算结束了，但我至少感到解放了，再也不用惦记这桩事情，再也不必操这份神秘的闲心，我可以和大家一模一样了。莫纳走了，我就不再是他一起冒险探索的伙伴、出去跟踪追迹的兄弟；我又变成了和别人一样的集镇孩童。这点很容易办到，因为我只要照着我本性的爱好行事就可以了。

鲁瓦的弟弟走到泥泞的街道上，把绳子的一头拴上三只栗子，拽住另一头打转，然后把绳子往空中一甩，栗子就掉在我们的院子里。我实在百无聊赖，也就兴致勃勃，把栗子捡起来照样给他抛回到墙外边去两三回。

突然我看见他放弃了这种孩子气的游戏，朝着一辆从老普朗什那儿驶来的两轮载重车奔去。车子连停也没有停，而他一眨眼工夫就从车后爬了上去。我认出是德卢什那辆小车和他的马。雅斯曼驾着车；胖布雅东站着，他们从牧场回来。

“到我们这儿来，弗朗索瓦！”雅斯曼叫道。他大概知道莫纳已经走了。

天哪！我也不告诉一下家里人，爬上颠簸前进的车子，也和别人一样，站着，身子靠在车子的一块栏板上。车把我们带到德卢什寡妇家……

这位善良的女人既开旅店又卖食品杂货。我们现在正在她的铺子后面的房间里。一抹白色的阳光穿过低矮的窗户照在白铁皮罐头和醋桶上。胖布雅东脸朝着我们坐在窗台上，像个面团人咧开嘴笑。他吃着牛利饼干。在一只他伸手可及的醋桶上，一盒饼干已经打开和吃过了。小鲁瓦发出高兴的叫声。我看到，雅斯曼和布雅东以后将成为我的朋友，我们之间建立了一种酒肉朋友的关系，我的生活来了一个一百八十度的大转弯；我似乎感到莫纳已经走了好久，他的奇遇是一个悲郁、古老、早已完结了的故事。

小鲁瓦从一块板下取出一瓶已经开过的酒瓶。德卢什给我们每人喝一点；但是只有一只杯子，我们只能都用它喝，他们先给我喝，似乎因为我不习惯于他们那套猎人和渔民的习惯而对我特别客气……这使我有点不自在。大家讲起了莫纳。为了摆脱拘束、恢复常态，我突然想炫耀一下我对他的事情了如指掌，并且想讲述一番。他的奇遇等等现在都已成为过去，我来讲讲对他又有何妨？……

是不是我这个故事没有讲好？反正故事没有产生我预期的效果。

我的同伴们全是些十足的乡下佬，天底下没有什么事会使他们惊奇。他们不会因这区区小事而大惊小怪。

“那么说是个婚礼啰！”布雅东说。

德卢什在普雷弗朗吉也看到过人家结婚，比我讲的还要稀奇。

城堡？可以找些人打听打听，肯定可以找到一些听说过这座城堡的当地人。

那女孩子？莫纳服完军役之后就会和她结婚。

其中一个人说：“应该告诉我们，把地图给我们看而不该去给一个吉普赛人！……”

我对自己的不成功很尴尬。我要利用这次机会引起他们的好奇心：我决心向他们解释这个吉普赛人究系何人，他来自何方，以及他奇怪的命运……布雅东和德卢什根本不愿听：“什么坏事都是他干出来的。是他把我们像童子军似的编成连队，组织晚上的进攻战、攻坚战，干了一系列傻事，是他使得莫纳那样不合群，莫纳本来可是个好伙伴哪！……”

雅斯曼瞧着布雅东，微微摇着头说：“我向宪兵们告发他，这一点我是做对了。这家伙在我们这里干了坏事，他可能还干了别的呢！……”

我差不多同意他们的观点了。要是我们没有把事情看得太玄乎，太悲剧化，一切可能不会这样子发展。这是受了这个失去了一切的弗朗兹的影响……

但是，正当我们出神地在思考这些问题的时候，铺子里响起了声音。雅斯曼·德卢什迅速地把酒瓶藏在醋桶后面，胖布雅东从窗上纵身跳下，一脚踩在一只积满尘埃的空瓶上，瓶子滚走了，他自己有两次几乎摔倒。小鲁瓦在后面推他们，以便快些出门，嘴里忍不住要笑出声来。

我不知道究竟其中有什么奥妙，也跟着他逃出来；我们穿过院子，由梯子爬上一间放干草的顶楼里。我听到一个妇女的声音，她把我们都骂作小捣蛋！……

“我没有想到她那么快就回来了。”雅斯曼轻轻地说。

我到这时才明白我们在那儿是在搞非法活动：偷糕饼和烈酒。我简直像一个在海中遇难的人，以为他正在和一个人讲话，可突然发现那是只猴子，真是失望透了。我只求早点离开这间阁楼，这种玩法实在惹我生气，何况夜晚已经来临……他们让我从后面走，穿过两座庭院，绕过一个水塘，又回到了潮湿泥泞的街上，那儿达尼埃勒咖啡店灯火辉映。

我对自己下午的活动并不感到光彩。现在我又回到了四路广场。蓦地，我仿佛又看见在拐弯处有一张严峻和兄弟般的脸向我微笑；他向我做了最后的一个手势，于是马车就消失了……

一阵寒风，和这个悲惨而又美好的冬天所刮过的风一样，吹起了我外套的一角。在我眼里一切都显得不如以前好了。大教室里大家等着我吃晚饭，突然吹来的穿堂风吹散炉子放出来的一丁点热气。我瑟瑟发抖，而他们却责怪我一个下午野在外边。现在我要恢复过去正常的生活了，但我连重新回到我坐惯了的座位上的安慰都得不到：那天晚上他们没有摆桌子；每人都在膝盖上吃饭，在阴暗的教室里随便找个地方。我一声不响地吃着由火炉中烤出来的、四周都煳了的烧饼。这大概也算是对我在学校里过星期四的一份犒劳吧。

晚上，我在房间里形影相吊，很快就上了床，以便把我从悲惨的心中升起来的悔恨之情压下去。但是半夜里我醒了两次：第一次似乎听到旁边的床咯咯吱吱地响，莫纳有突然整个儿翻身的习惯；另一次似乎听到他那猎人一般警觉的轻轻的脚步声，穿过最里边的顶楼……

第十二章　莫纳的三封信

我一生中只收到过莫纳三封信。它们至今还保存在我家的衣柜中。我每次重读这些信件都和过去一样感到悲郁。

第一封信是他走后的第三天收到的。

我亲爱的弗朗索瓦：

今天我一到巴黎就到他指给我的房屋去。我什么也没有看见，那儿没有人，以后也不会再有人。

弗朗兹所说的房屋是一座二层楼的小公馆。德加莱小姐的闺房大概在楼上。楼上的窗户被树叶所遮挡。但要是你从人行道上过，窗子还是可以看得很清楚。所有的窗帘一律闭着，只有疯子才会希望有朝一日窗帘会打开，露出伊沃娜的脸蛋。房屋朝向一条林荫道……天有点下雨，落在已经披上绿装的树上。人们听到不时开过的有轨电车清脆的铃声。

所有的窗帘一律闭着，只有疯子才会希望有朝一日窗帘会打开，露出伊沃娜的脸蛋。

我在窗下来来回回踱了近两个小时。那儿有家酒店，我停下来在里边喝了一盅，以免人家误会我是个强盗想干坏事，然后又继续毫无希望地监视。

夜晚来临，各处的窗子里都点了灯，可这幢房屋依然一团漆黑。肯定里边没人，可复活节又快到了。

等到我要走时，一位年轻的姑娘，或者说一位年轻的妇女——我说不上来——走过来坐在一张被雨弄湿的长凳上。

她浑身穿着黑衣服，只是小领圈是白的。当我离开时，尽管晚上天气寒冷，她还待在那里，纹丝不动，不知道在等什么东西、什么人。你瞧，巴黎充满着像我一样的疯子。

奥古斯丁

韶华流逝。复活节后的星期一我白白等了一天莫纳的信。在以后的日子里——复活节的极度兴奋情绪一过，以后的这些日子是那么的平淡——好像只能盼夏天了。六月份带来考试和酷热，到处弥漫着令人窒息的水蒸气，没有一丝微风来把它驱散。夜晚没有丝毫凉意，其结果是难熬之中没有半点喘息的机会。就在这无法忍受的暑天里我收到了莫纳的第二封来信。

亲爱的朋友：

这次一切都完了。我昨天晚上就知道了。我一开始几乎没有觉察到的痛苦此刻正吞噬着我。

每天晚上，我去坐在这条长凳上，守候着，思考着，不管希望多么渺茫还是期待着。

昨天晚饭以后，天色已晚，天气又闷，人们纷纷在人行道上树荫底下聊天。在被光线照绿的、黑色的浓叶之上，所有二层三层的套间都掌上了灯；不论东西南北，总有一扇窗户因天气炎热而敞开着……人们看见桌子上亮着灯，但灯光没有把周围炎热的黑暗冲散多少；人们几乎可以一眼看到房间的深处……啊！要是伊沃娜·德加莱的窗户里也亮了灯，我想我一定敢走上楼梯，打开门，进去……

我跟你讲起过的那位姑娘还在那里，像我一样地在等人。我想她也许了解这幢房屋，就主动问她。

她说："据我所知，过去有一位年轻的姑娘和她的哥哥常来这所房屋度假。但是我得知她哥哥已经逃离了他父母亲的城堡，再也没有下落。那位姑娘已经结婚。这些就是这套房间老是关闭着的原因。"

我走了。走了十步，我的脚绊在人行道上，差一点摔一跤。夜里——其实是昨天夜里——当院子里的孩子们和妇女们停止说话使我能够安睡时，我又开始听到马车在街上驶过。它们只是相隔好久才过一辆，但等到一辆过去，我就情不自禁地在等下一辆，等着马铃声以及柏油路上的马蹄声……这在重复着这样的意思：这是渺无人迹的城市，你丢失了的爱情，接着是漫漫长夜、夏天、焦急……

索雷尔呀，我的朋友，我现在处于极度苦闷之中。

奥古斯丁

一八九X年六月

这封信尽管表面上在讲心里话，其实没有什么东西！莫纳既没有跟我讲为什么他长期以来杳无音信，也没有诉说他现在打算干些什么。我的印象是他要和我断绝联系了，好像因为他这场经历已经结束，他要和过去一刀两断。我给他白白地写信，他果然只字不回。只是在我获得了初级文凭时他才三言两语地祝贺一下。九月份我从一位同学处得悉他已回到拉费泰·当齐荣母亲处过暑假，但我这年应我老南赛的伯父弗洛劳坦的邀请，得去他那里度假。后来莫纳重返巴黎而我没能见到他。

开学时，确切地说快到十一月底，当我又开始拿出全副精力准备取得高级文凭，以便能不上布尔日的师范学校而可以直接成为小学教师时，我收到了奥古斯丁给我三封信中最后的一封信：

我又到了这扇窗下，我还在等，没有丝毫希望，完全出于疯狂。秋天寒冷的星期天快结束，天快黑时，不到那条结冰的街上去一次，我总是下不了决心直接回家，关上自己家房间的窗板的。

我像是圣·阿加特那个疯女人，她每时每刻走出家门，两手掩着眼睛朝车站方向瞧，想看清自己死去的儿子是否真的不回来了。

我坐在长凳上，哆嗦着，可怜巴巴、自我取乐地想象有个人会轻轻地拉起我的胳膊……我将回过头去，正是她。她可能只是简单地说："我有点迟到了。"我所有的苦楚和精神错乱马上就会烟消云散。我们走进我们的房屋。她的皮袄全都冰住了，她的短面纱也湿了，身上带来了外面的雾气；她走近火炉，我看到她浅栗色的头发结上层霜，她那线条柔和的美丽的身体俯向火焰……

可是！窗玻璃后面仍旧拉着白色的窗帘，偏远的庄园的姑娘即使来把它打开，我现在已没有什么话要和她说了。

我们这次冒险已经结束。今年冬天死气阴沉得像坟墓。也许当我们死的时候，也许只有死亡才可能向我们解释这场没有成功的冒险的关键所在，以及它的下文和结局究竟是什么。

索雷尔，我以前要求你想着我。现在，相反，最好忘掉我。最好还是忘掉一切。

奥·莫纳

又一个冬天。上一年因生活多神秘而生气盎然，现在则是死气沉沉,程度不在其下。教堂广场上没有吉普赛人；学校的院子里一到四点钟孩子全部走光……偌大的教室只有我一个人在里边乏味地啃书。二月份，下了今冬第一场雪，大雪最终埋没了我们去年的历险故事，搞乱了整个线索，抹掉了最后的痕迹。我尽力按照莫纳在信中对我的要求去做，把一切都加以忘怀。

第三部

第一章　游泳

抽香烟，在头发上洒糖水使之卷曲，拦路拥抱进修班的女孩子，躲在篱笆后面喊叫“抓戴修女帽的”，来嘲弄过路的嬷嬷，这些都是当地的捣蛋鬼乐于干的事。不过，到了二十岁，这类捣蛋鬼完全可以改好，有时甚至可以变成富有同情心的人。但如果这个捣蛋鬼的面皮已经很厚了，如果他只关心当地妇女乱七八糟的事，如果他尽讲些吉尔贝特·波克兰的种种傻事来取悦别人，那问题就要严重些了。当然这种情况并不就是不可救药的……

雅斯曼·德卢什的情况就是如此。他继续上高级班——这一点我始终不明白是什么原因——但又根本不打算通过考试，大家都希望他放弃算了。在此期间，他向他叔叔学石膏匠的行业。不久以后，这个雅斯曼·德卢什，还有布雅东和另一个文质彬彬的男孩子、副课老师的儿子名叫德尼斯的，成了我们高级班里的仅有的三个我喜欢来往的成年的学生，因为他们都是“莫纳时期”的老同学。

德卢什也很恳切地希望成为我的朋友。说穿了，他从前是大个儿莫纳的对头，当时他很想变成学校里的大个儿莫纳，至少他可能因为自己没能成为莫纳的副手而感到遗憾。他不像布雅东那样笨头笨脑，我认为他看到了莫纳为我们的生活所带来不同凡响的变化。我经常听到他说：

“大个儿莫纳说得很对……”或者“啊！大个儿莫纳说过……”

除了雅斯曼比我们更为年长，这个老小子还有许多好玩的东西，确立了他比我们优越的地位：他有一只白色长毛的杂种狗，你一叫贝加利这个难听的名字它就会答你，你把石头扔出去它会给你捡回来，不过它对别的运动似乎一窍不通；雅斯曼还从旧货店买来一辆旧自行车，有时候下午下课以后，也让我们骑骑，不过他更喜欢让姑娘们来练习练习；最后，也是最重要的，他有一只瞎眼白驴，可以套在所有的车上。

驴子是属于迪马的，但是我们夏天去歇尔河游泳时他就把它借给雅斯曼。遇到这种情况，他妈妈还给一瓶柠檬水，我们把它塞在座位底下，晒干了的游泳裤堆里。我们八至十个高级班的学生由索雷尔先生陪同，有些步行，有些爬上驴车。这驴车每逢去歇尔河的路上积水太多的时节，就被寄放在大封斯的农场里。

我应该细细地回忆起一次这类的远足活动，雅斯曼的驴子拉着我们的游泳裤、我们的行装、柠檬水和索雷尔先生上歇尔河，而我们步行跟在后头。那时是八月天气，我们刚考试完毕。一个晴朗的星期四的午后，我们无忧无虑，仿佛整个夏天是属于我们的。我们走在大路上唱着歌，既不知道唱什么，也不知道为什么唱。

去的路上，这幅纯洁无邪的画面上只有一处黑影。我们看见吉尔贝特·波克兰走在我们的前头。她腰身束得很紧，穿着半长裙、高帮鞋，脸色温顺，仿佛一个正在变成大姑娘的女孩子尚不知羞涩。她离开大路，走进一处弯道，估计是去买牛奶。小高兰立即建议雅斯曼跟着她走。

“我跑上去拥抱她可不是第一次了……”雅斯曼说。

他就讲起他和他的女朋友好几起风流的故事。这时，所有我们这批人都熙熙攘攘，也走上小道，撇下索雷尔先生独自一个坐着驴车走在大路上。一到那儿，人群开始分散。德卢什自己似乎也不太想在我们面前向走在前面的女孩子进攻了。他把接近她的距离拉开五十米远。我们发出几声公鸡啼、母鸡叫，几声献殷勤的口哨声，然后放弃了这场戏谑，退了回去，心里很不自在。大路上烈日当空，我们还得奔跑，我们不再唱歌了。

我们在沿着歇尔河的干枯的小杨树丛中脱换衣服。杨树虽能挡住视线，但遮不住太阳。我们两只脚踩在沙地和晒干了的泥潭上，心里光想着德卢什寡妇的那瓶柠檬汽水了。汽水现在冰镇在大封斯泉水里，泉池就挖在歇尔河的边上，水池底下总有些海蓝色的水草和类似潮虫般的小动物，但泉水清澈透明，渔民们毫不犹豫地把两手往边上一撑，跪下来喝水。

可惜这天和其他的日子一样……当我们都穿好衣服，围成一圈，盘腿而坐，用两只无脚的大杯子盛着冰镇汽水准备大伙分享时，我们请索雷尔先生也喝一口，我们每个人只摊得到一点汽泡来刺激刺激喉咙，这反而使人更加口渴。于是，我们只能轮流到我们开始看不上眼的泉水边，把脸慢慢地凑近纯洁的水面。但并不是所有的人都能适应这种户外干活人的习惯。许多人和我一样无法止渴。有些人因为不喜欢这种水；另一些人抿着嘴生怕把潮虫吞进肚子里；有些人被清澈见底又纹丝不动的水弄糊涂了，看不清水面究竟有多高，把半张脸连嘴带鼻都浸在水里，结果鼻子吸了一口，呛得难受；另外还有一些人是因为所有上述的原因……但这些都无关紧要！我们在歇尔河干燥的河边，感到地球上的一切荫凉都集中于此。甚至直到现在，我不论在哪里一听到泉水这个词儿，总久久地回想起这个泉水。

黄昏的时候，我们往回走，开始时像去的路上一样，大家无忧无虑。通向公路的大封斯小道实际上冬天是条小

我们在歇尔河干燥的河边，感到地球上的一切荫凉都集中于此。

河，夏季是没法走通的河谷，在大树组成的篱笆之间的树荫下蜿蜒，经常为粗大的树根和窟窿所阻断。可是有些去游泳的人为了好玩，故意走这条小道，而我们跟索雷尔先生、雅斯曼和好几个同学走另一条和它平行的，但是不太陡的铺沙的小径。我们听到别的人在说说笑笑，声音离我们很近，在我们的下方，总之在林荫之中，我们瞧不见的地方。这时候，德卢什又讲起他大人的故事来了……晚上出来活动的昆虫在树篱笆的顶上发出轻微的响声，人们对着天空的亮光看到它们在树叶边蠕动。有时候掉下一只，顿时发出一声尖叫。多么美丽而平静的夏天之夜！……从乡下远足归来，人们已经无可期望但也无所奢求……但是这次又是雅斯曼无意之中为我们平静的生活激起波浪……

当我们登上坡地的顶端，到了两块巨石的旁边时，有人说这两块古老的石头是一座城堡的遗迹，于是德卢什就讲起他参观过的庄园来，特别讲到老南赛附近一座半废弃了的庄园——萨勃劳尼埃庄园。他操着勒里埃的口音，故弄玄虚地把有些词发得很圆纯而把别的词的音故意缩短，讲述几年之前，他曾在这所庄园破落的小教堂里看见一块墓碑，上面铭刻着这些字样：

“忠于他的上帝、忠于他的国王、忠于他的美人的伽卢瓦骑士之墓。”

“啊！真是！”索雷尔先生稍微耸了耸肩。他对学生讲话的腔调感到有点别扭，不过他还是希望我们能像大人一样自由地交谈。

于是雅斯曼描述起这座城堡来，仿佛他的一生都是在那里度过的。

好几次他和迪马叔叔从老南赛回来都被冷杉树林上面那座古老的小灰塔所吸引。树林里边还有好些破落的、像一座迷宫似的房屋，主人不在的时候别人可以去参观。有一天，他们让一个当地的护林人搭乘他们的车，护林人就带他们参观了这座奇怪的庄园。但此后不久，人们把一切都拆毁了，据说剩下来的只有一座农舍和一小间游娱室，不过里边居住的人没有变，仍旧是一个半破产的退休的军官和他的女儿。

他讲啊，讲啊……我一字不漏地听着，不知不觉地感到他讲的事是我所熟悉的。突然，好像非凡的事情发生的时候往往很平常那样，雅斯曼转身向我，碰碰我的胳膊，因为一个他从未有过的想法蓦地在他脑际产生：

“啊，我想到了，”他说，“莫纳——你知道大个儿莫纳——大概到那儿去过？”

由于我没有答话，他又继续说道：“对了！我记得护林人还说起这房子的男孩子是一个怪人，他的思想与众不同……”

我已不再听他，我从一开始就知道他的猜想是对的。

在我的面前，在远离莫纳，远离一切希望的地方，通向无名庄园的道路方才打开了，这条道路清晰、好走，像是一条我所熟悉的大道。

第二章　在弗洛劳坦家

我从前是个那么不幸、沉默和爱幻想的孩子。现在当我意识到那场事关重大的历险结局究竟如何，完全要靠我的时候，我又变得那么坚决——用我们那儿的话来说，那么有决心。

我感到从这天晚上起，我的膝盖再也不痛了。

萨勃劳尼埃庄园所属的老南赛是镇公所的所在地，索雷尔先生的家族，尤其是我伯伯弗洛劳坦一家都住在那儿。伯伯是个商人，我们有些年份九月底去他家度假期。不过我现在已经考试完毕，解放了，不愿意再等，在征得大人同意后，立即动身去看望伯伯。我决定我能有好消息告诉莫纳之前什么也不对他透露，以免把他从失望之中拉出来然后再把他扔进可能更大的失望之中，这有什么好处呢?

好长的时间里老南赛是我最喜欢去的地方，它是度暑末的胜地。当时虽有马车出租，可以把我载去，但我们很难得才去一次。从前我们和住在那儿的同族中的一房发生过争执，大概为了这个缘故，米莉每次要人再三请求方肯上车前去。可我才不管他们这些争吵的事呢！我一到那儿，就和叔伯、堂兄弟姊妹厮混在一起，成天玩耍嬉闹，忙于吸引我的那些消遣活动，十分自在。

我们在弗洛劳坦伯伯家下车。朱莉伯母有个和我年纪相仿的男孩，名叫菲尔曼，还有八个女孩，最大的两个叫玛丽·路薏丝和夏洛特，有十七岁和十四岁光景。他们家在位于索劳涅镇一个入口处的教堂前面开了一个很大的铺子——一家百货商店。这个地方很偏僻，离火车站有三十公里，所以当地所有城堡主——猎手所需要的一应物品全由这家商店供应。

这家铺子有好多窗户朝大路开，然而玻璃大门却是冲着教堂广场的。商店里除了杂货柜台，还有鲁昂[1]花布柜台。但奇怪的是店铺里没有地板，只用夯结实的泥巴地来代替，虽然这种现象在这块穷地方是司空见惯的。

后面还有六间房屋，每间屋里各放满单一的商品：帽子间、园艺间、灯具间，不一而足……在我孩提时代，当我走过一片琳琅满目、稀奇古怪的物品时，我感到我的眼睛怎么也看不够。直到现在，我还感到不到这里就不能算

1　鲁昂为法国城市名。

是真的度假了。

伯伯家里的人白天都待在大厨房里，厨房门朝商店开，九月底，里边的壁炉炉火正旺。猎人和偷猎的人大清早跑来把野味卖给弗洛劳坦，并在这里要吃要喝。女孩子们已经起床，跑呀，叫呀，相互在光滑的头发上倒“气味美”香水。墙上挂着学生集体照，照片已经老得发黄，上面有我父亲——我们花了很长时间才认出他穿着制服，置身在师范学校的同学们之间……

我们的上午往往就是在这间厨房里度过的，但有时也在院子里过。弗洛劳坦在那里种有大丽菊，饲养珠鸡。人们坐在那儿的肥皂箱上焙炒咖啡，而我们则在那里拆开装满各式商品的箱子。箱子里的商品我们经常叫不上名字，但全都是精心包装的。

整个白天，商店里尽是些农民和从附近城堡赶车来的车把式。在九月的晨雾中，一些从穷乡僻壤来的双轮车停在玻璃门的门前沥水。我们从厨房里听着农妇们讲话，对她们所有的故事十分好奇……

但是到了晚上，八点钟一过，当人们提着灯笼给马厩里皮肤冒热气的马匹送完干草，整个商店就属于我们的了！

玛丽·路薏丝是我堂姊中最大的一个，但也是个儿最小的一个，她把店里一叠叠的毯子整理完毕，就要我们为她解闷。于是，菲尔曼和我以及所有的女孩子们闯进大商店，在旅店式的大灯下推咖啡磨，在柜台上练功夫；有时候菲尔曼还到顶楼里去，把旧得长满铜绿的长号找来，因为夯实的土地招引人翩翩起舞。

我一想到前几年德加莱小姐可能会在这个时候到商店来，并且撞见我们像小孩似的闹得不亦乐乎，我的脸还会羞得发臊呢……但实际上我第一次看到她时是八月份的一个下午，天近黄昏，那时我正和玛丽·路薏丝以及菲尔曼在平静地聊天……

我到达老南赛的第一天晚上，就询问过弗洛劳坦伯伯有关萨勃劳尼埃庄园的情况。

他回答我说："现在已经不再是一个庄园了，人们把一切都已变卖，买主是些猎手，他们叫人把老建筑物全都拆毁以扩大狩猎的面积；会客庭院现在已成一片荆棘之地，原先的产业主只保留了一幢二层的小屋子和一座农舍。你在这里肯定有机会看到德加莱小姐：她总是亲自来买食品，有时骑马，有时乘车，但坐骑始终是同一匹——老贝利泽尔[1]……她这套车马实在有意思！"

我听了十分激动，不知道还应提些什么问题以便能多

1　贝利泽尔是公元六世纪时的一个国王，他享尽荣贵后生活十分潦倒。

打听些情况。

“他们过去不是很富有吗？”

“是的，德加莱先生举行过盛大的节日活动来‘取悦’他的儿子。他这个儿子可是个想入非非、古里古怪的男孩子。老头儿为了让他消遣，尽可能地想花样。他们叫来巴黎的女人、小伙子们……其他地方的人……

“整个萨勃劳尼埃成了一片废墟。德加莱太太已经奄奄一息的时候，他们还想方设法使儿子高兴，对他百依百顺。去年冬天——不，前年冬天，他们举行了最盛大的化装舞会。他们邀请了许多来宾，一半巴黎人，一半乡下人；他们买了或租了许许多多漂亮衣服、玩具、马匹和船只，其目的还是为了取悦弗朗兹·德加莱。人们说他要结婚了，要庆祝他们的订婚。但是他太年轻了，突然一下子什么都吹了。他不告而别，人们从此再也没有见到他……城堡女主人死了，德加莱小姐顿时只剩下一个人来和老舰长父亲相依为命。”

“她不是结婚了吗？”我终于问。

“没有。”伯伯回答，“我根本没有听说过。你能当求婚者？”

我很尴尬，只得尽量简明地、尽量谨慎地向他承认，我最好的朋友——奥古斯丁·莫纳可能会成为求婚者。

“啊！”弗洛劳坦微笑着说，“要是他不看重财产，这个对象倒真不错……要不要我去跟德加莱先生说说？他有时还来这里买打猎用的小铅弹，每次来我总是请他尝尝我的陈年烧酒。”

我马上请他耐心等待，暂时别干什么。我也不急于通知莫纳。喜事接踵而来，反倒使我担忧。这种忧虑使得我在亲自见到姑娘之前什么也不告诉莫纳。

我没有等多久。第二天，晚饭以前，黑夜开始来临，一阵轻轻的，与其说是八月的还不如说是九月的淡雾也随之降落。菲尔曼和我预感到顾客已经走空，就过来看玛丽·路薏丝和夏洛特。我已经把我为什么提前来老南赛的秘密向他们透露。我们有的依撑在柜台上，有的摊平两手坐在打过蜡的木头上，互通我们所了解的有关这位神秘少女的情况——其实情况了解甚少——蓦地听到车轮声，不禁全都转过头去。

“她来了，就是她。”他们轻声地说。

过了几秒钟，奇特的车马停在玻璃门外边。这是一辆农村的马车，圆板、车顶架子是浇铸出来的，我们在当地从来没有看见过；一匹白色的老马走起来头沉得很低，仿佛老想在大路上啃什么草。车座上坐着一位——我直爽地说，但我明白我说话的含义——可能是举世绝伦的美女。

她风韵迷人又极为雍容端庄，像这样集两者于一身确是我从未遇见过的。服装是那么贴身，更显出她苗条的身躯娇弱无力。她所穿的一件栗色的大衣，进门时就随手脱下，搭在肩上。她是姑娘中最庄重的，妇女中最纤弱的。一头浓浓的棕发披落在她的前额和脸上，整个脸部宛似细笔描绘的和精雕细刻的塑像。夏天的阳光在她如此白皙的双颊映上了两朵红晕……我发现白璧微瑕：在她忧愁、泄气或者仅仅是沉思的时候，她像个得了重病但还不知自己病情的病人，白洁的脸上轻微地呈现出红色的斑纹。看着她的人见此情景，本来对她无比赞赏之心变成了一片怜悯之情，而她越是其貌惊人就越使人痛心断肠。

上面所述的至少是我的感觉。她这时已慢慢地跳下马车，玛丽·路薏丝很自然地把我介绍给姑娘，促使我跟她交谈。

人们送上一把上蜡的椅子，她坐了下来，背靠在柜台上，而我们大家仍旧站着。她似乎对商店很熟悉，也很喜欢。朱莉伯母马上闻讯赶来。她两手交叉放在肚子上，微微地摇晃她戴着白色软帽的农妇商人的脑袋，滔滔不绝地讲话，拖延了我跟姑娘开始交谈的时间……

开始交谈十分容易。

“那就是说，”德加莱小姐说，“您快当小学教师了？”

伯母点亮了我们头上的瓷灯，商店里随即弥漫着幽暗的光线。我看到年轻的姑娘孩子般温柔的脸庞，天真无邪

一头浓浓的棕发披落在她的前额和脸上，
整个脸部宛似细笔描绘的和精雕细刻的塑像。

的蓝眼睛，对她如此清脆、如此庄重的声音更为惊奇。当她停止说话时，她的眼睛盯着别处，而且一动不动，等着你回答；这时候她微微咬着嘴唇。

“我也可能教书，”她说，“如果德加莱先生同意，我也可能教书。我要像您母亲那样教小男孩……”

她微笑了，说明我的堂兄堂姊们曾经跟她说起过我。

她继续说：“因为村里的人对我总是彬彬有礼、和蔼可亲和热情帮助，所以我非常爱他们。但我又凭什么可以去爱他们呢？……

“而对待小学教师，他们不是很小气，喜欢瞎嚷嚷吗？不断会发生丢了钢笔啊，本子太贵啊，孩子学不进去啊等等问题……那么我就要和他们打交道，他们还会一样爱我，但这可要难得多……”

她没有笑，又恢复沉思和孩子般的姿态，她那蓝色的眼珠又是一动不动。

那么随随便便地议论这类棘手的事，议论这类属于秘密和微妙的事，而这类事只有在书本里才讲到，我们三人都感到怪不好意思的。所以有一阵子大家全没有说话，但慢慢地，讨论开始了……

年轻的女郎带着对生活中某种神秘的事情类似遗憾和不满的情绪，继续说：

“我还要教育男孩子们要乖点，像我所知道的那样乖。

我不让他们有到外边去闯的念头——索雷尔先生，当您成为学监时也会这样做的。我要教会他们如何寻得幸福，其实幸福就在他们身边，尽管它的样子似乎一点不像……”

玛丽·路薏丝、菲尔曼和我一样，听完都发愣了，我们什么话也没有说。她发觉我们很尴尬，就收住口，抿抿嘴唇，低下脑袋。然后她仿佛像在嘲弄我们似的笑盈盈地说：

“这就是说，正当我在弗洛劳坦太太的商店里的这盏灯下，我的老马在门外等我的时候，可能有位疯疯癫癫的大个儿年轻人在天涯海角找我。要是这个年轻人看到我，他大概不肯相信我就在这里……”

看到她微笑了，我胆子大了起来，我感到讲话的时间到了，也就笑着说：

“可能我认识这位疯疯癫癫的大个儿年轻人？”

她马上急切地瞧着我。

这时门铃响了，两个女人挎着篮子进来。

“到‘饭厅’去吧！”伯母一边推厨房门一边说，“那儿没人打扰你们。”

德加莱小姐不愿久留，要马上出发，我伯母又说：

“德加莱先生也来了，他正在火炉边和弗洛劳坦讲话呢。”

大厨房里即使到八月份也总有一块杉树柴爿燃烧着，

噼啪作响。厨房里同样点着一盏瓷瓶灯，一位清瘦、慈祥、刮过胡子的老头儿，像一个被年龄和痛苦的回忆所折磨的人，几乎一直默不作声。他和弗洛劳坦坐在一起，面前放着两杯烧酒。

弗洛劳坦向我们招呼。他操着集市上叫卖的商人的嗓门，好像他们和我们之间隔着一条河和好几顷地，大声嚷道：

“弗朗索瓦！我刚才发起组织一次下午的游娱活动，下个星期四在歇尔河畔，可以打猎，可以捕鱼，也可以跳舞、游泳……小姐，您骑马来；我已经跟德加莱先生说好了。我都安排好了……”

“喂，弗朗索瓦，”他又添上一句，好像就他一个人想到了，“你可以把你的朋友，莫纳先生也找来……他是叫莫纳不是？”

德加莱小姐已经站起来了，霎时间脸色变得苍白。就在这个时候，我也记起莫纳以前在奇怪的庄园里的池塘边上曾把自己的名字告诉过她……当她向我伸过手来，准备出发，我们之间仿佛结下了比爱情还要动人的友谊，订下了只有死亡才能废除的默契，这种默契比之我们之间千言万语还要清楚明了得多。

……第二天早晨四点钟，菲尔曼走到养珠鸡的院子里来敲我下榻的房间门。天色尚黑，我很费劲地在桌上找到我的衣物，因为桌子上堆满了铜的烛台和崭新的圣者塑像。这些东西都是在我来之前一天在店里找出来当作家具放到我屋里来的。我听见菲尔曼在院子里给我的自行车充气，伯母在厨房里拉风箱。太阳刚升起我就走了。但是我这一天的日程将排得很满：我首先要到圣·阿加特吃午饭，跟他们解说我缺席的时间要延长了，然后继续赶路，以便在晚上以前赶到拉费泰·当齐荣我的朋友奥古斯丁·莫纳家。

第三章　上帝显灵

我从来没有骑着自行车作过长途旅行，这回是第一次。但是长期以来，尽管我的膝盖不好，雅斯曼还是偷偷地教我骑车。如果说自行车对一个普通青年来说已经是个很有趣的玩意儿，那么它对我这么一个不久前还可怜巴巴地拖着一条腿，走不了四公里就汗流浃背的男孩子来说又意味着什么呢？……从高坡的顶上往低洼之处直冲而下，像展翅飞翔，去探索公路的远方，等你靠近了它却又向两边豁然开朗；不消几分钟就穿过一个村子，一眨眼就能把整个村子收入眼底……到那时为止我只有梦中才遇见过这么快乐、这么轻盈的飞跑。我连上坡时仍劲头十足。因为，应该说明，迎面而来的是莫纳家乡的路啊！

从前莫纳向我描述他的家园时，曾经对我说过："集镇不到一点，人们可以看到一个带有翼板的大轮子……"他不明白这轮子作什么用，也许他假装什么也不知道，将引起我更大的好奇心。

一直等到八月的这一天夕阳西下时，我才看见一片辽阔的草地上有只大轮子在风里打转，估计是为附近佃户提水用的。草地的杨树背后，出现了最初的城郊。我沿着绕河拐弯的公路前进，视野开阔了，风景在眼前舒展开来……到了桥上，我终于看到了村子的大街。

我下了自行车，两手扶着车把，瞧着我将要带去重大消息的处所；几头奶牛在芦苇背后的草地上吃草，我听到它们的铃声叮当。房屋全都排在一条往下通到街上的沟边，像是一艘艘收了篷的帆船，停泊在宁静的黄昏之中。进这些房屋，要走过屋前的一座小木桥。现在已是每家每户厨房里生火的时刻了。

多么宁静的世界！而我却偏偏要来把它扰乱！惶遽和某种难以言喻的遗憾心理这时候开始让我失去全部的勇气。正当我进退维谷时，我又蓦地想起穆瓦内尔姨婆就住在附近——拉费泰·当齐荣的一个小广场上，这更使我突如其来的软弱有加无已。

穆瓦内尔是我的一个姨婆，她所有的孩子都死了。我还认识她最小的儿子欧内斯特，他生前也是个大小伙子，快要当小学教师了。穆瓦内尔姨公继他儿子之后不久也去世了，姨婆就孤独一人住在她奇特的小屋里，里边的地毯是用样品布拼缝起来的，桌子上放满公鸡、母鸡和猫的剪

草地的杨树背后，出现了最初的城郊。

纸，但是墙上却是挂着毕业文凭、亡者的半身照片和装有头发编成的圆形饰物。

她一生几经挫折和丧事，养成了一种古怪的习性和温顺的脾气。当我看到了她家的那个小场院，就从半掩着的门口高声喊她，听到她在平排三间房间的最里端发出一声轻轻的尖叫声。

“啊唷！上帝！”

她把咖啡打翻在火里——这种时刻她怎么会煮咖啡的呢？——就出来了……她的身体挺得向后弯，头顶上戴了一顶兜风系绳软帽，正好在高高的额骨之上；额头凹凸不平，里边有蒙古女人和霍屯督[1]女人的长相，她小声地笑，露出她残剩下来的小而稀的牙齿。

我拥抱她时，她匆匆忙忙、笨手笨脚地来拽我搭在她背后的手，把一块硬币塞给我。我不敢看，大概是一个金法郎。她的神色极为神秘，其实毫无必要，因为房间里边统共只有我们两个人……等到我装出样子要问她为啥给钱或者要谢谢她时，她捅了我一下，嚷道：

“得了，得了！我全知道！”

她一生穷极潦倒，终日借贷，但又大手大脚地花钱。

“我这个人一贯很傻，也老是很不幸。”她经常用她

1 霍屯督人，Hottentots，非洲西南部的土著。

当我看到了她家的那个小场院，就从半掩着的门口高声喊她，
听到她在平排三间房间的最里端发出一声轻轻的尖叫声。

的假嗓子说这话，但从不怨天尤人。

这位老太太知道我和她一样经济上比较拮据，往往不等我开口就把她一天来微薄的积余塞到我的手里。此后她老是这样对待我。

我们的晚餐——既凄凉又奇特——也像她开始接待我时那样非同一般。她总把蜡烛放在举手可及的地方，一会儿拿走，让我待在阴暗之中；一会儿又搁在放满缺了口或开了豁的菜碟和花瓶的桌子上。

“这只瓶，”她说过，“七〇年被普鲁士人打碎了把手，因为他们拿不走。”

当我再次看到这只带有历史性悲剧的大花瓶时，我又记起从前曾在这里住过和吃过晚餐。当时我父亲带我到荣纳省去求一位专家替我治膝盖，我们得搭乘天亮之前经过这里的快车动身……我记得当时凄凉的晚餐和老书记官身子靠在玫瑰酒瓶前面讲的种种故事。

我也没有忘记当时胆战心惊的情景……晚饭以后，姨婆坐在火炉前，把我父亲拉到一边跟他讲鬼的故事：“我回过头来……啊！我可怜的路易，你知道我看见了什么！一个灰头发的妇女……”人家眼里，我姨婆脑袋里充斥了这类吓人的荒诞事。

这天晚上一吃过晚餐，我因骑自行车累了，就穿上穆瓦内尔姨公的方格睡衣，躺在大房间里。她又走过来，坐在我的床头，操着最诡秘、最尖声的嗓门，开始说：

“我的弗朗索瓦，我得跟你讲讲我没有跟任何人说起过的故事……”

我想：“这倒好，我又要像十年前一样整夜担惊受怕了！……”

我就听着她讲。她摇头晃脑，眼睛直盯前方，仿佛她的故事是讲给她自己听的：

“一次我和穆瓦内尔吃喜酒回来。这是可怜的欧内斯特死后我们第一次两人一同出去参加婚礼；我在那儿遇见了四年不见的妹妹阿岱勒！穆瓦内尔一个有钱的老朋友邀请他到萨勃劳尼埃庄园去参加他儿子的婚礼。我们租了一辆马车，花了好多钱。我们早晨七点钟左右从公路上回来，当时正是严冬季节，太阳冉冉上升，四周静寂无人。你猜我们在前面公路上突然发现了什么？有一个矮人，一个年轻的矮人，长得十分漂亮，一动不动地站在那儿看着我们走过去。我们越走越近，看清了他美丽的面容，他是那么白皙、美丽，简直叫人害怕！……

“我抓住穆瓦内尔的手臂，身子像叶片一样地发抖；我以为碰见了上帝！……我对他说：

“‘瞧！上帝显灵了！’

“他很生气，低声地回答：

“‘别嚷，老太婆，我早就看见了！……’

“他也不知道如何是好；等到马停了下来……到了近处，才看到他脸色十分苍白，额上淌汗，戴着肮脏的软帽，穿着一条长裤。我们听到他柔和的声音，说：

“‘我不是男人，我是个姑娘。我逃出来，精疲力尽了。先生、太太，你们肯让我搭你们的车吗？’

“我们马上让她上车。她刚坐下就晕了过去。你猜猜看我们跟谁在打交道？她就是萨勃劳尼埃那个年轻人弗朗兹的未婚妻。我们正是应邀上他家参加婚礼的！”

“可婚礼没有举行啊！”我说，“既然新娘出走了！”

“不，”她很窘地看着我说，“没有举行婚礼。这个疯女人头脑里装着千百种莫名其妙的思想。她后来跟我们解释：她原是个穷苦的织布工的女儿，她认为许多好事一齐来是不可能的；这个青年对她来说太年轻了；她认为他在给她的信中所写的种种美妙的事纯属幻想。到最后弗朗兹要迎娶她时，瓦朗蒂娜害怕了。当时虽然天气严寒，刮着狂风，他和她以及她的姊姊还是在布尔日教堂的花园里散步。弗朗兹爱的是妹妹，但一定是为了礼貌周到，他对姊姊处处巴结。于是我们这个姑娘就胡思乱想了；她说要到屋里去拿块头巾，竟从那儿走上通向巴黎的公路不告而别。为了不被人跟踪，她还换上了男装。

“她的未婚夫收到她的一封信，信里她向他宣布要到她所爱的男人那里去。可实际上这并不是真话……

“她对我说：‘我做出了牺牲，这比我成为他的妻子更幸福。’是啊，我的傻瓜，他等不到未婚妻，但一点也没有想到娶她的姊姊；他朝自己开了一枪；后来人们在林子里看到了血迹，不过始终没有找到他的尸体。”

“后来你们把这个可怜的女孩子怎么处理了？”我问。

“我们先给她喝了一口酒，回到家后又给她吃饭，让她睡在火炉旁。她在我们这里过了大半个冬天。每天，只要天还亮着，她老是裁缝连衫裙，整理帽子，使劲地擦洗房间。你瞧墙上所有这些纸都是她裱糊的。从她来过之后，燕子到别处去做窝了。但是，每天晚上太阳落山时，等她的活儿做完了，她总是找个借口到院子里去，到花园里去，或者到门外去，甚至天寒地冻的日子也不例外。人们发现她站在那儿，哭得真是伤心。

“‘啊哟！您怎么啦？’

“‘没什么，穆瓦内尔太太！’

“她就回屋了。

“邻居们说：

“‘穆瓦内尔太太，你们找到了一个漂亮的女佣人。’

“尽管我们再三挽留，她到了三月份就又要到巴黎去了。我送给她几件连衫裙，她改了一下；穆瓦内尔替她在车站买了一张票，还给了她一点钱。

“她没有把我们忘掉，她在巴黎圣母院附近当裁缝，她还写信问我们萨勃劳尼埃有什么消息。为了使她不要再老想着这个问题，我索性回答她说庄园已经卖掉，并且已经拆毁，小伙子一去不复返，姑娘也已经结婚。我想这些并不是我在瞎编。从此以后瓦朗蒂娜的来信就少多了……”

穆瓦内尔姨婆的嗓门轻而尖，十分适合讲述鬼故事，但她这次讲的并不是鬼故事，而我听了仍旧局促不安。我们曾经向吉普赛人弗朗兹发誓像兄弟一样地为他效劳，而现在效劳的机会来了……

明天我要把快乐带给莫纳，难道我也该把刚才得知的事告诉他来大煞风景吗？怂恿他去干一件毫无把握的事有什么好处呢？固然我们掌握了那位姑娘的下落，但走江湖的吉普赛人又到哪里去找呢？……我想，随疯子和疯子待在一起吧。德卢什和布雅东没有说错。这个罗曼蒂克的弗朗兹给我们带来多少不幸啊！我决定在没有看到奥古斯丁·莫纳和德加莱小姐结婚之前，什么也不告诉莫纳。

主意虽定，但我仍有不祥的预感——这种预感十分荒谬，我当然很快不予理会了。

蜡烛即将燃尽，一只蚊子嗡嗡鸣叫；穆瓦内尔姨婆歪着脑袋，头上戴着只有晚上睡觉才解下来的风帽，肘子撑在膝盖上，又重新讲开她的故事了……间或，她倏忽抬起头来，瞧瞧我有什么反应，或者看我睡着了没有。到最后我就把头靠在枕头上，假痴假呆地闭上眼睛，装出昏昏欲睡的样子。

她有点失望，压低嗓门，嘟哝着说：“啊！你睡了！”

我可怜她，反驳说：“不，姨婆，我向你保证我……”

“就是么！”她说，“我晓得我所讲的引不起你的兴趣。我不过想跟你讲讲你所不认识的人……”

这次，我松口了，不再回答。

第四章　重大的消息

第二天早晨，当我走上大街时，只见假日里晴朗的天空，环境静谧，集镇上传来平静和熟悉的声音，我这个佳音的传递人因而又恢复了怡然自得的心情……

奥古斯丁和他妈妈住的地方原先是个校舍。莫纳的父亲因继承一笔遗产才致富。自从他退休多年的老父亡故以后，莫纳希望把这所原来的学校买下。究其原因，并不是因为这里环境幽美：学校前身曾经是镇公所，校舍是幢见方的大房屋，底层的窗户朝街的方向开，高得出奇，谁也不会打那儿瞧上一眼；后面的院子一棵树也没有，一个风雨操场遮住了投向农村的视野，真算得上是我在农村中所看到的最干巴巴、最凄凉、被人废弃了的学校的庭院……想买它的真正的原因是老教师曾在那里教了二十多年的书，莫纳自己也在那儿上过学。

我在结构复杂的、开了四扇门的走廊里看见莫纳的妈

第二天早晨，当我走上大街时，
只见假日里晴朗的天空，环境静谧，集镇上传来平静和熟悉的声音，
我这个佳音的传递人因而又恢复了怡然自得的心情……

妈从花园里带回一大包内衣褥单。夏天白昼长，她大概一清早就晒在外边了，她灰白色的头发有一半松散着，有几绺都拖到面庞上了；过时的发式下边五官端正，脸容显得臃肿和疲倦，好像整整一夜没有合过眼；她忧郁地低着头，似在沉思。

不过她蓦地看见了我，把我认出来了，露出微笑。

"您来得正是时候，"她说，"我正把内衣褥单收进来，为奥古斯丁出发做准备。我一夜都在替他算账，为他整理行装。火车五点钟开，不过我们已经准备就绪了……"

瞧她蛮有把握的样子，人们会说一定是她要他出门旅行，而实际上她很可能连莫纳的去向都不知道。

"上去呀，"她说，"您可以在镇公所办公室里见到他正在写东西。"

我三步并成两步爬上楼梯，打开右面的门，门上还留着"镇公所"的匾额。我到了一间有四扇窗的大房间：两扇朝集镇，两扇朝乡村，墙上挂着克雷维和卡尔诺总统泛黄了的肖像。整个房间的顶头有一主席台，上面还有镇议员的椅子，放在一张铺绿布的桌子前面。莫纳在正中央，也就是坐在镇长的椅子上伏案写字，他把钢笔伸进心状的过时了的陶器墨水瓶里蘸墨水。这个地方仿佛是为农村中靠利息、年金生活的人所准备的，在漫长的假期里莫纳只要不到外边去溜达就常上这里来。

“上去呀，”她说，“您可以在镇公所办公室里见到他正在写东西。”

他一认出是我，就站起身来，但并不是我想象之中那样急忙。他只是说了一声："索雷尔！"脸上现出诧异的神色。

还是那个有一张瘦削的脸、剃着平头的大个儿，嘴唇上已经长出乱糟糟的胡子来，眼神还是那么憨厚、忠诚……但是人们似乎看到在他过去的热情之上有一层雾气笼罩着，只是有些时候靠他从前的激情才加以驱散……

他看到我，内心显得很不平静。我一下子就跳上台阶。但是，奇怪得很，他甚至没有想到向我伸出手来，他转身朝我，双手反剪在背后，按在桌子上，身子往后仰，样子十分尴尬。他眼睛盯着我但没有看见我，脑海里盘算着和我讲些什么，他和以前一样，以后也永远如此，像个独居者、猎手和冒险家，是个迟迟不肯开口讲话的人。他已采取了一项决定，需要解释一番，至于用什么字眼他是不管的。现在我已站在他的面前，他这才开始痛苦地思索哪些话是必不可少的。

然而是我先高兴地告诉他我是怎么样来的，在哪里过的夜，还说我看到莫纳太太在为儿子准备出门的行装，感到不胜吃惊……

"啊！她跟你说了？……"他问。

"是啊。我想这不会是一次长途的旅行吧？"

"谁说不是？就是一次长途的旅行。"

我一度不知所措，感到他的决定我虽然不明白，但我等一会儿只要讲一句话，就可以叫他的决定化为乌有。所以我当时什么也不敢说，也不知道该从哪里说起。

但他终于开了口，似乎他要为自己辩解一番。

“索雷尔！”他说，“你知道我在圣·阿加特那时的奇遇在我心目中有多重的分量。它是我活着的理由，我希望的所在。现在希望已成泡影，我会变得怎么样呢？……我怎么能跟大家一样地活下去呢！

“可当我得知一切都完了，甚至连寻找偏远的庄园的努力也不值得付出以后，我还是设法在那儿——在巴黎生活下去……但是，对于一个已经有一次跳进过天堂的人来说，他以后怎么能甘心于和一般人一样地生活呢？别人心目中的幸福在我看来幼稚可笑。所以当有一天，我真心真意地、毅然决然地决定和别人一样地生活，我这一天里的懊悔将经久不散。”

我坐在台阶上的一把椅子上，沉着脑袋，听着他的自白而没有瞧他，我对他隐晦的解释不知如何理解。

“好啦，”我说，“莫纳，你还是好好跟我解释一下为什么要做这次长途旅行。你说说你有什么错误要弥补，有什么诺言要履行。”

“那倒是有的。”他回答说，“你还记得我向弗朗兹许下过的诺言吗？……”

“啊！”我松了一口气，“原来仅仅是为这件事？……”

“是为了这件事。但也许也为了弥补一个错误。同时为了两件事……”

紧接着一阵沉寂。在这段时间里我决定开始说明来意，而且盘算着该用些什么字眼。

他又说：“我相信的只有一种解释。诚然，我过去曾经希望能见到德加莱小姐一面，光是再见一面而已……但是，我现在已经认定，当年我发现无名庄园时，我是天真无邪、十分纯洁的人，那天真、纯洁的程度和高度是我以后永远也不可及的。只有像我有一天给你信中所写的那样，到死的时候，才有可能重新找到当时的美好……”

他突然改变了语气，恢复到原来那种奇特的、生气勃勃的劲头，走近我说：

“但是索雷尔，你听我说！我这则新的故事和这次长途旅行，这个我过去犯下的、现在需要弥补的错误，从某种意义上说，是我过去奇遇的继续……”

他停了一会儿，苦思冥想，试图重新抓住往事的线索。我由于已经错过了上次说话的机会，心想这次无论如何不能再坐失良机，就开了口——其实我开口太快了，以后我因为没有等他打开心扉就抢先说话而追悔莫及。

我把话讲出了口。这句话是为刚才的时候所准备的，现在已经不合适了。讲话的时候，没有任何手势，只是稍微抬起点头。

“要是我来的目的是为了告诉你并不是一线希望都没有了呢？……”

他瞧着我，以后又猛地转过头去，脸涨得通红通红，一定是阵阵血液涌上了他的太阳穴……

“你这是什么意思？”他终于开了口，声音简直含糊不清地问。

于是我把我所知道的事情、我所做过的一切，一口气讲了出来。我还告诉他情况已发生根本的变化，似乎简直是伊沃娜·德加莱派我上他这里来的。

他现在的脸色苍白得可怕。

我在讲这段话时，他不声不响地听着，头略往后缩，架势像是个受了惊，既无法自卫，又无处藏身或逃窜的人。我记得他仅仅打断过我一次，那是我跟他讲到萨勃劳尼埃已经全部拆毁、原先的庄园已经不复存在时，他说：

“啊！你瞧……（仿佛他要抓住一个机会，为他自己的行为和绝望的情绪辩解一番）你瞧，那儿什么也没有了……”

我知道，事情能这样的一帆风顺，充满把握，最后一定可以把他剩下来的一丁点苦闷冰消雪化，所以在结束讲话时，我跟他说弗洛劳坦伯伯要组织一次郊游，德加莱小姐将骑马前去，莫纳本人也属于被邀请之列……可是他似乎已经完全不知所措，仍旧默不作答。

“应该马上取消你这次旅行。”我不耐烦地说，“我们去告诉你妈妈吧……”

我们两人下楼时，他犹豫不决地问我：

“这次郊游？……我真的非要参加不可吗？……”

“啊！真是！”我顶了他一句，“这还用得着问吗？”

他那样子仿佛后面有人在推他的双肩。

到了楼下，奥古斯丁告诉莫纳太太说我要和他们一起吃午饭和晚饭，还要在这儿住一宵，第二天早晨他也要租一辆自行车，随我到老南赛去。

“啊，太好了！”她点头说，仿佛这些消息完全验证了她的意料。

我坐在小餐厅里，墙上挂着挂历、带有装饰的匕首和苏丹的羊皮袋，那是莫纳先生的兄弟，一位老海军步兵从远方的旅行中捎回来的。

莫纳在饭前让我独自一人在那里待了一会儿，他自己到隔壁他妈妈为他准备行装的那间屋里。我听见他稍稍压低嗓门，跟妈妈说不要把行囊解开——因为他的旅行可能仅仅是延期而已……

第五章　郊游活动

去老南赛的路上，我简直赶不上奥古斯丁，他骑得飞快，赛过自行车运动员，连上坡时也不下车。昨天还是那么迟疑不决，今天却是那样狂热激动，只求早一点赶到，这仍使我有点担心。到了伯父家之后，他仍旧显得迫不及待，一直到第二天上午十点钟我们全部上了车，准备出发到河边之前，他似乎对任何事情都没法感兴趣了。

时值八月月底，夏天已趋尾声，栗子树空心的果壳已经开始洒落在白色的公路上。路途并不算远。我们现在去的奥皮埃农场靠近歇尔河，离开萨勃劳尼埃不过两公里，途中我们不时遇见其他来宾的车辆，有些年轻人还骑着马，这些人都是弗洛劳坦大胆地以德加莱先生的名义请来的……人们努力像以前一样使有钱人和穷人、城堡主和农民混杂在一起。我们在这种情况下，看到雅斯曼·德卢什骑着自行车来了。他以前通过护林人巴拉第埃的关系认识了我伯伯。

莫纳瞧见他就说 :“就是这个人，掌握了一切东西的钥匙而我们却一直找到巴黎。真叫人没办法！”

莫纳每看他一眼，怨恨之心就增添一分 ；而他却自以为我们应当对他感恩戴德，紧紧靠近我们的车辆，一直陪我们到达目的地。人们看得清楚，他不惜工本，花了很多心血打扮自己，但收效甚微。他上装的下摆处已经磨损，拖在自行车的挡泥板上弹跳……

尽管他给自己种种约束以使自己可爱些，他老气十足的面孔总不讨人欢喜。他使我对他产生的实际上是一个模模糊糊的怜悯心。但是在这一天里我究竟对谁不怜悯呢？

我每次想起这次娱乐活动总好像被窒息得透不过气来，感到一阵隐隐的悲痛。我原先以为这一天会其乐无穷！所有的一切看起来都很顺利，保证我们能幸福愉快。但结果我们大失所望！……

可那天歇尔河两岸的风光是非常美丽的！在人们所驻扎的河岸那一边，丘陵到此变成了缓坡，土地分隔成小块的绿草地和柳树林，宛如众多的小花园被篱笆所隔开。对岸则是灰色陡削的山冈，岩石嶙峋。在远远的山丘上，人们可以看到在冷杉树林之间耸立着一座带有小塔的罗曼蒂克的城堡，有时还可以听到远处普雷弗朗吉城堡的狗群在吠叫。

我们通过盘旋迂回的石板小路，走到了这里。小路上有时缀满白色的卵石，有时铺着沙砾，靠近河岸的那几段还被活泉水冲成小溪。途中，野生的醋栗树枝钩住我们的衣袖。我们一会儿行走在阴暗清凉的沟底，一会儿则相反，中断了的篱笆使我们沐浴在山谷明媚的阳光之中。当我们走近河边，对岸处有一个人攀在岩石上，正在张晒渔网。我的上帝，天气真好啊！

我们在一块草地上安顿下来。这是桦树轮伐林回缩而形成的草坪，草地修得平平的，仿佛可以在上面做没完没了的游戏。车辆全都解开了套绳，马匹被牵到奥皮埃农场去。人们开始在树林中打开食物盒，在草地上支起我们带来的折叠桌。

这时需要一些热情的人到邻近的大路口去招呼迟来的人，告诉他们我们在什么地方。我马上自告奋勇，莫纳也跟着我去。我们把等候的地点设在吊桥旁边，在好几条小路和从萨勃劳尼埃来的道路的交叉口。

我们一面等待，一面来回漫步，纵谈过去，随便想个法儿解闷。从老南赛又来了一辆马车，坐了些素不相识的农民和一个系绸带的大姑娘，然后什么也没有了。不！还有三个孩子坐在一辆驴车上，他们是原先萨勃劳尼埃园丁的孩子。

“我好像认识他们，”莫纳说，“我觉得那时节，节日的第一天晚上，就是他们在花园里拉住我的手，把我领去吃晚饭……”

但这时，驴子不肯走了；三个孩子就下车用足力气刺它、拉它和揍它；莫纳看了很失望，说他搞错了……

我询问他们是否在路上遇见了德加莱先生和小姐。他们中的一个回说不认识；另一个说：“先生，我想大概遇见他们了。”我们没有问出新的名堂来。他们有的拉着小驴的缰绳，有的在后面推车，下坡往草坪的方向走去。我们又开始等候。莫纳瞪着双眼向萨勃劳尼埃道路的拐弯处眺望，带着一种恐惧的心理等候着从前朝思暮想的姑娘的来到。他本来说过雅斯曼神情紧张、滑稽可笑，而现在这句话却成了他的写照。为了能朝大路的方向看得远些，我们爬上了一块斜坡，打那儿我们看到下边草坪上德卢什正周旋于一群来宾之间。

“瞧他夸夸其谈的样子，这个蠢货！”莫纳跟我说。

我回答他：“随他去。他只能干他力所能及的事，这可怜的家伙。”

奥古斯丁却寸步不让。正好那边有只野兔或者松鼠从矮树林中蹿了出来，雅斯曼为了不致惊惶失色，假装跑去追赶，莫纳就说：

“得了。这倒好！他现在跑起来了……他似乎真认为自己是一个英雄盖世、万夫莫及的人。”

这次我不禁笑出声来，莫纳也是如此。不过那只是一霎间的事。

又过了一刻钟。

“要是她不来呢？……”他说。

我回答：“她已经答应过。你耐心点！”

他又继续守候。但到了最后，他对这种无法忍受的等候再也支撑不下去了。

“你听我说，”他说，“我要回到下面和大伙儿一块去了。我不知道现在有什么东西在和我过意不去，不过我总感到只要我待在这里，她是永远也不会来的——她不可能过一会儿在这条路的尽头出现。”

说完他就抛下我一个人，径自朝草坪的方向走去。我为了消磨时光，就在小公路上踱步，才走一百步光景，就瞥见在第一个拐弯处伊沃娜·德加莱小姐侧坐着老白马来了。这匹马今天早晨特别矫健，她不得不勒紧缰绳，不许牲口奔跑。德加莱先生走在马首，非常吃力，默默无声，估计他们在路上换来换去，轮流乘用他们的老马。

当姑娘看见我只有一个人，莞尔而笑，敏捷地跳到地上，把坐骑交给她父亲，朝我走来；我也奔着迎了上去。

“我很高兴看到您只有一个人，”她说，“因为我除了您之外不愿让任何人看见贝利泽尔老马，也不愿把它和别的马拴在一起。首先因为它太老、太丑了，另外我也怕它被别的马所伤害。可我只敢骑这匹马，等到它死了，我就不骑马了。”

我感到德加莱小姐身上和莫纳身上一样，在生气蓬勃、风度翩翩的迷人的外表背后，隐藏着焦灼乃至是忧虑的情绪。她讲话比平时快。尽管她的面颊和颧骨呈玫瑰色，但她的眼睛四周和额头上有些地方非常苍白，显示出她的心神忐忑不安。

我们商定把贝利泽尔拴在小树林里靠近大路的一棵树上。老德加莱先生同历来一样闷声不响，从马鞍旁的手枪套里取出马笼头把牲口拴上——依我之见拴得太靠下了。我答应待一会儿从农场送点牧草、燕麦和干草来……

德加莱小姐走到草坪时的情况，据我想象和从前莫纳第一次见到她走向湖边陡坡时的情景一模一样。

她伸出右臂搀扶父亲，左手撩起轻便大衣的下摆，移步走向宾客，神色既雍容端庄又稚气十足。我走在她的身边。所有分散在各处的或在远处嬉游的来客都站了起来，围拢来欢迎她。有一段短暂的沉寂，大家看着她走过来。

莫纳已经和年轻人的人群混在一起了，除了他身材比较高以外，很难把他和同伴们区分开来，何况里边还有些青年和他个儿不相上下呢。他没有做任何动作来引人瞩目：既没有做手势，也没有往前挪一步。我看到他穿着灰衣服，纹丝不动，和旁人一样目不转睛地看着如花如玉的姑娘走来。然而到了最后，他做了一个无意识的、尴尬的动作：他把手放在光头上，似乎他想要在头发梳得贼亮的同伴之中遮掉他农民式剃光了的愣脑袋。

然后人群围住了德加莱小姐。人们向她介绍她尚不认识的姑娘和小伙子……快轮到我的伙伴了；我感到自己和他一样地焦灼，我准备自己来介绍他。

但我尚没有来得及开口，姑娘已经朝他走去，态度坚决、神情端庄，令人惊讶。

“我认出来您是奥古斯丁·莫纳。”她说。

同时她向他伸过手去。

“我认出来您是奥古斯丁·莫纳。”她说。
同时她向他伸过手去。

第六章　郊游活动（完）

几乎马上就有新来的人走过来向伊沃娜·德加莱致敬，两位年轻人被分开了，不幸的偶然性使他们吃饭也没有能在同一张小桌上。但是莫纳似乎恢复了信心和勇气。有好几次，当我被隔离在德卢什和德加莱之间，我看到远处我的伙伴用手向我友好地打招呼。

晚会快结束，到处都组织起游戏、游泳、交谈和在邻近的塘上泛舟时，莫纳才又能和德加莱小姐聚首。我们正坐在自己带来的园林椅上和德卢什聊天，德加莱小姐擅自离开她似乎感到厌倦的年轻人的人群，朝我们走来。我记得她问我们为什么不像别人那样在奥皮埃湖上划船。

“下午我们已经转了几圈，”我回答说，“可惜很单调，我们很快就累了。”

“那你们为什么不到河里去划呢？”她说。

“水流太急了，我们有被卷走的危险。”

莫纳说：“我们需要有一艘像过去那样的汽艇或汽船。”

“我们已经没有这种船了。”她几乎是轻声地说，“我们把它卖了。”

于是又一阵很尴尬的沉默。

雅斯曼乘机说他要到德加莱先生那儿去。

“我知道在哪里可以找到他。”他说。

真是无奇不有！这两个性格迥然不同的人却能一见如故，从上午到现在很少离开。德加莱先生在晚会开始时把我拉到一边，对我说，我这位朋友礼貌周到、随机应变，真是难能可贵。也许他已向德卢什透露关于贝利泽尔的秘密，并告诉他这匹马藏在哪里等等。

我本来也想离开他们，但我发现这两个年轻人面对着面很尴尬，很焦灼，感到还是以不走为好……

然而，尽管雅斯曼那么谨慎，尽管我那么小心，都帮不了什么大忙。他们交谈着。莫纳没有别的话题，老是一而再、再而三地提起过去所有美好的事而肯定自己没有意识到。他每提起一次，受着折磨的姑娘都得重复回答他说所有的一切都已成了过眼烟云：奇特而复杂的旧居已经拆毁，大鱼塘已经枯竭、填平，那些衣着漂亮的儿童也已东奔西散……

“啊！”莫纳只是绝望地叹息，好像这些东西每失去一件都证明他是对的，而姑娘或者我是错了……

我们并肩而走……悲伤的情绪越来越感染上我们三人，我虽想方设法来驱散这种思绪但都无济于事。莫纳控制不住他顽固的想法，不断地提出叫人难堪的新问题。他对从前看到过的一切都打听一番：女孩子们、敞篷车的车把式、小赛马。“小马也都卖了？庄园里没有马匹了？……”

她回答说再也没有了。她没有提及贝利泽尔。

于是他提起他房间里的陈设：枝形大烛台、大镜子、打碎了的弦琴……他带着不同寻常的激情细细地打听所有这一切，似乎想确信他的甜蜜的奇遇什么也没有剩下，姑娘也不可能如同潜水员从水底带回卵石和水藻那样给他带来一件东西能证明他们两人谁也没有做梦。

德加莱小姐和我，我们不禁凄然微笑，她决心向他解释清楚：

“您再也看不到德加莱先生和我为可怜的弗朗兹所布置的美丽的城堡了。

“我们当时为满足他的要求而成天忙乎。他这个人是那么古怪，又那么富有魅力。但打从订婚失败那天晚上开始，所有的一切都和他一齐成了烟云。

“德加莱先生早已破产，可惜我们都不知道。弗朗兹也欠了债，他的老同学一听到他失踪了就马上登门向我们索取。德加莱太太死了，只几天工夫我们失去了所有的朋友。

“要是弗朗兹没死的话，但愿他回来，但愿他再找他的朋友和爱人；再举行那中断了的婚礼，可能一切也都可以变得和过去一样。但是过去还能重来吗？”

“谁知道？”莫纳沉思着说。他再也不问什么了。

我们三人一起默默地走在短短的、已经发黄的草上，紧靠在奥古斯丁左边的是他以为永远失去了的姑娘。每当他向她提出一个难堪的问题，她总是慢慢地转过迷人的、焦虑不安的脸蛋来回答他；有一次和他讲话时，她把手轻轻地放在他的手臂上，动作之中充满信任和体贴。为什么大个儿莫纳呆在那儿像个陌生人？为什么他像个没有找到要寻找的东西的人，而任何别的东西又打动不了他的心？三年之前他碰到这个幸福可能会激动万分、欣喜若狂；可现在他空虚、渺茫，无能为力使自己幸福。这些情绪究竟从哪里来的？

我们走近上午德加莱先生拴贝利泽尔的小树林；快下山的太阳使我们的影子在草地上拉得很长，从草地另一头我们听到因为距离远而变得低沉的、男女游客的声音和一片嘈杂声。我们在这片清静之中默默无言，蓦地听到树林的另一端、从奥皮埃农场方向传来一阵歌声，那是远处有个赶着牲口到水槽的年轻人在歌唱，唱的是支类似舞曲的、节奏明快的曲子，不过唱的人把它拖长、拖慢，使它变成一首古老的惨淡的叙事诗：

我的鞋是红的……
永别了，爱情……
我的鞋是红的……
永别了，一去不复返！……

莫纳抬起头来听着。它正是节日活动最后一天晚上大家不欢而散时迟迟不走的农民们在不知名的庄园里所唱的曲子……它正是永远不会重现的两天美好日子中的一个回忆——最糟糕的回忆。

“你们听到了吗？”莫纳轻声问，“喔！我去看看是谁在唱。”说着他走进小树林，但歌声也随即停止。一秒钟内，人们还听到那个人吹着哨子召唤牲口远去，然后什么声音也没有了……

我瞧着姑娘，只见她愁眉紧锁，忧虑重重，双目盯着莫纳刚才走进去的树丛里。以后，又有多少次，她将再度如此，望着大个儿莫纳永远离去的通道出神啊！

她转过脸来对着我。

“他不幸福啊！”她悲切地说。

她又添上一句：

“可能我对他什么忙也帮不上……”

我迟疑不答，心里担心莫纳刚才一口气奔到了农庄，这回该从树林里回来了，会听到我们的谈话。但是我还是准备鼓励她一番，打算告诉她无须顾忌冒犯大个儿，估计他有一桩心事折磨着他，使他痛苦绝望，但他自己又不会主动向她或向别人打开心扉的。正在这时，树林那头发出一个叫声；接着我们听到像一匹马尥蹶子时放连珠屁的声音和气喘吁吁的争论声……我马上明白是老贝利泽尔出了事，赶紧向传来声音的方向奔去。德加莱小姐远远地跟在我后面。他们在那里大概发现了我们的行动，因为在我钻进树林的那一刻，我听见有人叫喊着向我们奔来。

老贝利泽尔拴得太低了，有只前蹄跨进绳子里去了；在德加莱先生和德卢什散步走到这里、靠近它之前，它一直一动也不动。现在人家给它带来了不寻常的燕麦，它受了惊，受了刺激，就拼命挣扎；那两个人冒着被马蹄踢伤的危险，力图把它解脱出来，但他们笨手笨脚，反倒把它缠得更紧了。恰巧在这个时候，莫纳从奥皮埃农庄回来，碰到了他们两个。他对他们笨拙的模样十分生气，把他们往旁边一挤，也不管他们会不会滚到灌木林中去。他胆大心细，只一下子就把贝利泽尔解脱了出来。可惜为时已经太迟，因为祸已闯下：马儿可能有根神经受了损伤，也许有什么东西给折断了，可怜巴巴地垂着头，马鞍一半脱出了背脊，一只脚蜷曲在肚子下边不停地颤抖。莫纳俯着身子，抚摸着牲畜，一言不发地替它检查。

等到他重新抬起头来，几乎所有的人都已聚集过来，但他一个人也没有看见，脸已气得通红。

他吼道："我不懂谁把牲口这样拴法！还整整一天把马鞍留在背上？这匹至多只能拉拉小破车的老马，谁竟有这么大的胆子给它上马鞍！"

德卢什想说话——他想把一切责任揽到自己身上。

"你别废话！你也有错。我看到你要替它松绳索，怎么反而使劲地拉那绳子呢！"

他又弯下腰去，用手掌按摩马匹的膝弯。

直到此时尚未开过口的德加莱先生干了傻事，他想不要一言不发，就结结巴巴地说：

"海军军官有这样的习惯……我的马……"

"啊！马是您的？"莫纳平静了一点，脸色通红，扭头向老人说。

我以为他会改变语调，讲些道歉话。他喘了口气。到了这时候我才发现他竟会破罐破摔，肆意加重当时的气氛而引以为乐——苦恼而又绝望的乐趣，他傲慢地说：

"那我不向您庆贺。"

有人出主意：

"可能凉水管用……把它牵到浅滩去洗个澡……"

莫纳不做正面回答。他说："得马上把这匹老马牵走。

趁它现在还会走路——时间紧张不能耽误——把它牵到马厩里，永远不让它出来。”

好几个年轻人马上自告奋勇。但是德加莱小姐再三谢绝。她脸涨得通红，几乎顷刻之间要变成泪人儿了，向所有的人道别，甚至向狼狈不堪的莫纳告别。他不敢看她一眼；她牵起牲口的缰绳，样子像是向某个人伸出手去，主要目的不是为了带着它走，而是为了向它更靠拢……吹在萨勃劳尼埃道路上夏末的风是这样的温和，使人真以为是在五月天里；篱笆的树叶在南来的和风中瑟瑟抖动……我们就这样看着她走了：纤手拿着皮制的粗缰绳，手臂的一半露在披风外。她父亲艰难地走在她的身旁……

不欢而散的下午！大家逐渐收拾起包裹、餐具，收起椅子、桌子；马车一辆一辆地出发，上面载着行李以及挥舞帽子和手帕的人。我们和弗洛劳坦伯伯是留在那里最迟动身的人，他也和我们一样一声不响，品尝着遗憾和失望的滋味。

我们也出发了：坐在我们车身悬挂式的车上，由我们的棕色烈马飞快地拉着跑。拐弯的时候，轮子在沙地上擦得吱吱响，坐在车尾座位上的莫纳和我不久看到老贝利泽尔和它的主人们踅进去的那条岔路路口消失在小公路上。

到了此时，我的同伴——我所知道世界上最不会哭的硬汉子——突然把脸转向我，他心乱如麻、情绪激动，眼泪已经夺眶而出。

“请停一下，好吗？”他把手放在弗洛劳坦的肩上说，“你们别管我。我待会儿自己步行回去。”

他把手按在马车的挡泥板上，纵身一跃就跳到地上。使我惊讶不迭的是他竟往回走，开始奔了起来，一直奔到我们刚才走过的小路——萨勃劳尼埃小路。他大概沿着他从前走过的冷杉树林边的小径直奔庄园。他过去就是在那条小径上，像个躲在矮树枝下的流浪汉，听到了漂亮而又陌生的孩子们神秘的谈话……

就在那天晚上，他一边啜泣，一边向德加莱小姐求婚。

第七章　举行婚礼的日子

二月初的一个结着冰的星期四晚上，大风劲吹。在三点半或者四点钟的时候……从中午起，晒在集镇附近的篱笆上面洗过的衣衫在狂风里干得很快。每家每户，餐厅的炉火照得祭坛上上漆的玩具闪闪发光。孩子们玩累了，坐在母亲的身边，要她讲她结婚那一天的情景……

谁要是不愿意幸福，他只消爬上顶楼，就可以一直到晚上听到海中遇难者的哀鸣和呻吟；他只消跑到外边的大路上，大风就会把他的头巾吹落到嘴边，仿佛出其不意的一记热吻叫人声泪俱下。但对热爱幸福的人来说，在泥路旁边有座萨勃劳尼埃房舍，我的朋友莫纳和伊沃娜·德加莱回到了里边，他们从中午起已经结为夫妻。

订婚以后已过了五个月。这些日子十分平静，平静的程度可以和第一次奇遇多事的程度相比拟。莫纳经常来萨勃劳尼埃，或骑自行车或乘马车，每星期至少两次以上。

我的朋友莫纳和伊沃娜·德加莱回到了里边，他们从中午起已经结为夫妻。

德加莱小姐在朝杉树林开的大窗前缝纫或者看书时，总蓦地发现他高大的身影从窗帘外面匆匆而过。他每次总是绕道而来，走他过去走过的道路。其实这是他对往事唯一的暗示——心照不宣的暗示。现在的幸福似乎使他忘却了那奇特的痛苦。

在这平静的五个月之中，发生了一些小事情：我被任命为圣·伯努瓦小村子的小学教师。圣·伯努瓦算不上是一个村庄，而只有几户分散的农舍。学校孤零零地位于大路旁的一片坡地上，我的生活因而很孤独；但穿过田野走，只要三刻钟就可以步行到萨勃劳尼埃。

德卢什现在住在他叔叔家。叔叔是老南赛砖厂的包工头，很快将成为老板。他经常来看我们。在德加莱小姐的请求下，莫纳现在对他很客气。

这就是解释那天下午四点钟，当其余参加婚礼的人都已纷纷离去而我们两人还留在那儿溜达的缘故。

结婚仪式异常简朴，中午在萨勃劳尼埃尚未被拆毁的、一半被坡地上杉树所遮挡的老教堂里举行。快餐之后，莫纳的母亲、索雷尔先生和米莉、弗洛劳坦和其他人都上车离去，只有雅斯曼和我留了下来……

我们在萨勃劳尼埃房舍背后的林边，原先是庄园但现在已被拆毁的一片荒芜的地块附近散步。我们两人忧心忡忡，但自己既不愿意承认，也不知道是什么原因。于是我们信步溜达，想借此来消消愁、解解闷，一路上我们指点野兔窝和沙地上前不久兔子扒过的踪迹……一只张着的绳索套……还有偷猎者的痕迹……但这些都无济于事。我们不时地走回到树丛的旁边，从而望见那座静悄悄关闭着的房屋……

朝杉树林方向开的一扇大窗下边，有一个木制的阳台，野草已经侵入其中，被风吹倒在地。一丝亮光像点燃着的灯塔照在窗户的玻璃上，间或有一条黑影走过。四周的一切——附近的田野里、菜园子里、原先附属建筑物中唯一留下的农舍里，万籁俱寂，杳无人影。为了庆祝他们的主人们幸福愉快，佃农们都到镇上去了。

有时一阵风吹来，风里饱含水汽，简直称得上是雨，打湿我们的脸，并给我们带来隐隐约约的钢琴乐曲声。在那边关闭着的房屋里有人正在演奏。我稍停片刻，静静地听：乐曲首先像是一个颤抖的、不敢纵声欢唱的歌喉从远处传来……也像一个女孩子的笑声，她正在房间里把各种玩具找出来摊在她男朋友的面前。我也还联想到一位妇女穿上了一件漂亮的连衫裙，走过来给人家欣赏，但又没有把握是否能讨人喜欢时的那种带有忧虑的快乐……这个我所不熟悉的曲调，也是对幸福的祷告和祈求：希望它不要太残酷无情；也好像在幸福前面顶礼膜拜，深深鞠躬……

我想："他们终于获得了幸福。莫纳已经在那儿，她的身旁……”

对我这个憨厚的孩子来说，晓得他们很幸福，确知这对有情人终于成了眷属，也就心满意足了。

我正在出神，面部像碰到海上的雾天似的被平原上的风所润湿，蓦地觉得有人在触动我的肩胛。

“听！”雅斯曼悄悄地说。

我瞧着他。他向我示意不要动，而他自己则侧着脑袋，紧锁双眉，听了起来……

第八章　弗朗兹的呼唤

“胡——虎！”

这次我也听到了。这是一个信号，由两个音符组成的呼唤声，一高一低，我从前曾经听到过……啊！我记起来了：这是大个儿喜剧演员在学校的铁栅栏处招呼他同伴时的叫声。弗朗兹也曾经要我们宣誓，不论在何时何地，一听到这个叫声就要应声迎去。可今天他有什么要求呢？

“声音是从左边大杉树林传来的，”我轻声说，“大概是个偷猎的人。”

雅斯曼摇摇头，“你明明知道不是的。”他说。

然后压低嗓门：“他们两人今天早晨就来了。十一点钟我看见加纳什在教堂附近的田野里东张西望。他一看见我就溜跑了。他们大概是从很远的地方骑自行车来的，因为他们一直到脊梁骨全是泥巴……”

“可他们要干什么？”

“我不知道，但肯定地说我们应该把他们赶走，不能让他们在周围游荡，否则各种各样疯疯癫癫的事又会重新开始……”

我同意他的观点，但没有说出口来。

“最好，”我说，“是碰碰他们的头，弄清楚他们究竟要干什么，也跟他们讲讲道理……”

我们慢慢地、静悄悄地低着脑袋钻进树丛一直到杉树林子：从那儿传来间隔有规律的叫声，这声音本身虽然并不比别的声音更为凄惨，但使我们两人都感到是不祥之兆。

这片杉树林栽种得很规则，一眼可以望到底。在这样的林子里想往前走去发现别人而又要使自己不给人看到是很难做到的，我们甚至根本不愿一试。我站在林子的一角，雅斯曼去站在对角上，这样我们可以从外边管住长方形的两条边，以便万一吉普赛人要溜走，我们可以喊住他。采取了这些措施后，我开始扮演和平探子的角色，喊道：

“弗朗兹！……”

“弗朗兹！不要害怕。是我，索雷尔，我要和您说话。”

一度沉寂；我正想再叫几声，蓦地从我们目光不能完全看清的杉树林的正中间传来命令的声音：

“你就待在原地。他一会儿来找您。”

慢慢地，在由于距离远而看上去似乎比较密的大杉树林之中，我辨出年轻的弗朗兹的身影正向我走来。他好像衣衫褴褛，浑身是泥，自行车夹子夹紧他的裤脚，一顶带帽沿的制服帽压在他太长的头发上面；现在我看清了他憔悴的面容……他似乎哭过了。

他毅然地走近我。

“您要干什么？”他傲慢地问我。

“您自己呢？弗朗兹，您到这里来干什么？您为什么来打扰别人的幸福？您有什么要求？您说呀！”

他被我直截了当地一问，脸都臊红了，结结巴巴，只是回答说：

“我很不幸，我……我很不幸哪！”

说着，他把头埋在胳膊里，靠在一棵树干上，伤心地呜咽起来。我们朝杉树林走了几步。这个地方安静极了，甚至连风声也听不到：林边的大杉树把它挡住了。在整整齐齐的树干之间年轻人压抑的抽泣声时起时伏。我等他这阵伤心过去，把手搭在他的肩上，说：“弗朗兹，您跟我来。我把您带去见他们。他们将像找到失落了的孩子似的来对待您，一切都将成为过去。”

但他什么也不肯听。他伤心万分，犟头倔脑，委屈不平，嗓门被眼泪压得低沉沉地说：

“那就是说莫纳不管我了？为什么我呼喊他他不答我？为什么他不履行他的诺言？”

“瞧您说的，弗朗兹，”我回答他，“不要孩子气，搞异想天开的时代已经过去了。不要用荒诞的行为来扰乱您所爱的人们的幸福，扰乱您妹妹和奥古斯丁·莫纳的幸福。”

“可只有他才能救我，这点您是清楚的。只有他才能找到我所寻找的人的踪迹。最近三年以来，我和加纳什走遍整个法国仍旧毫无所获。我的希望只能寄托在您的朋友身上了。可现在他不再搭理我。他重新找到了他的爱情，现在他为什么不给我考虑考虑？他应该启程。伊沃娜一定会让他走的……她从来什么也没有拒绝过我。”

他露出了他的脸。泪水在尘埃和泥土之上留下了几条肮脏的痕迹。这是一张疲惫不堪、垂头丧气的大男孩子的脸。他的双眼围着一圈红棕色的斑点，下巴刮得很不干净；过长的头发拖落在肮脏的颈子上。他两手插在口袋里，抖抖瑟瑟。他已经不像前几年仪表堂堂，而是衣衫褴褛的男孩子了；当然他的心比过去任何时候更为孩子气：自说自话、异想天开，接着马上就灰心失望。可是他这个男孩已经有点衰老，他这种小孩脾气叫人难以忍受……不久以前，他身上还充满了青春活力和傲气，似乎世界上任何疯癫之事都允许他做。而现在，人们开始当然还是同情他生活道路上坎坷不平的遭遇；但接着就要责备他不该顽固不化地要扮演这种青年浪漫主义英雄的荒谬的角色……另外，我也不由得猜想这位风流倜傥、谈情说爱的弗朗兹为生活所迫，大概也像他的同伴加纳什那样成了梁上君子……过分的骄傲把人引到这条路上！

我考虑了一会儿，终于说："要是我答应您几天之后，莫纳开始为您办事，光为了您而行动？……"

"他会成功的，是吗？您有把握？"他咬着牙齿问我。

"我是那么想的。他什么都可能成功！"

"我怎么能知道呢？谁跟我通消息？"

"您整一年之后再在这个时候回到这里来，您就能看到您心爱的姑娘。"

我讲这话时并不想打扰新婚夫妇，而是想自己到穆瓦内尔姨婆那儿去打听消息，然后我自己赶紧去找回那个姑娘。

吉普赛人盯着我的眼睛看，充满信赖之心，情感动人心弦。十五岁！那是我们在圣·阿加特时的年龄。打扫教室那天下午，当我们三个孩子立下可怕的山盟海誓时，他不过只有十五岁，但究竟也有了十五岁了啊！

当他不得不说话时，绝望的情绪又支配了他，他说：

"那好吧，我们走了。"

他瞧着周围要再次离别的树林，心情肯定异常沉痛。

他说道："三天之后，我们将上德国去。我们把马车留在远处了，我们不停地步行了三十个小时。我们本想在莫纳结婚以前及时赶到，把他带走，要他像过去寻找萨勃劳尼埃庄园一样和我一起去找我的未婚妻。"

然后他又陷入幼稚的思绪之中：

“把您的德卢什叫来？”他边走边说，“因为万一我碰到他，后果将不堪设想。”

我看到他灰色的身影消失在杉树林之间。我把德卢什叫来，我们一起再去站岗。但差不多同时，我们瞥见那边奥古斯丁在关闭房间的窗板。他那奇特的样子使我们颇为吃惊。

第九章　幸福的人们

以后，我从琐碎的细节中知道了那边发生的一切……

萨勃劳尼埃的大厅里中午一过，只剩莫纳和他的妻子——我还习惯叫她德加莱小姐——两个人。来客们都已回去，老德加莱先生打开房门，让大风直钻到屋子来吼叫片刻。然后他也动身到老南赛去，要到吃晚饭的时候才回来，以便把一切都关好锁上，并对佃农布置些活计。所以外边没有什么声音可以一直传到年轻人那儿来，只是在朝荒野那个方向，有一枝没有叶子的玫瑰花枝条敲打着窗户。他们这一对情侣犹如随波逐流的船只上的旅客，在呼啸的北风里浸沉在无比的幸福之中。

“火要熄灭了。”德加莱小姐说，她想在箱子里拿一块柴禾，但莫纳赶紧上去，把木柴投进火里。

然后他拉住姑娘伸过来的手，两人呆在那儿，相对而立，似乎被一个说不出来的大的消息弄得喘不过气来。

大风宛如决堤的河水咆哮着。有时候一滴水斜落下来，像打在火车的门上那样，在玻璃上划出一道道水痕。

于是姑娘躲开了。她打开走廊门，带着神秘的微笑不见了。奥古斯丁有一度独自待在半暗半明之中…大挂钟的嘀嗒声使人想起圣·阿加特的餐厅……他大概在想："这里就是我梦寐以求的房屋，从前的充满奇怪的过道和走廊以及细声耳语的地方……"

他大概就在这个时候听到了——德加莱小姐以后跟我说她也听到了——弗朗兹离房屋很近的第一声叫声。

此后，少妇白白地把她带来的各种美妙的东西给他看。她小姑娘时代的玩具、儿童时代所有的照片：她穿着女管理员的服装，她和弗朗兹坐在长得如此漂亮的妈妈的膝盖上……然后是她保存着的小连衫裙，"您瞧，一直到您快认识我时我所穿的那件连衫裙。我记得您那时是从圣·阿加特来的……但是莫纳什么也看不见，什么也听不到了。"

然而有一段时间他似乎恢复了正常，他想到他现在的幸福是无与伦比的，是别人难以想象的。

"您在这儿，"他低沉地说，仿佛光是开口说话就让人头晕，"您从桌子旁边走过，您的手在上面放了一会儿……"

又说：

"我妈妈年轻的时候也是这样上身微微倾斜和我讲话

的……而当她弹钢琴时……”

于是，德加莱小姐建议趁天色未黑来弹钢琴。但这时大厅的这个角落已经暗了，他们只得点起一根蜡烛，玫瑰色的灯罩反映在年轻姑娘的脸上，更加深了她颧骨部位显示她忧悒万分的红色。

我在那一头的树林边开始听到了大风刮来颤动的歌声，但当我们走近杉树以后，这歌声被第二声叫声打断了。

莫纳在好长时间里一边听着姑娘弹琴，一边默默地透过窗户凝视着。他好几次转过身来看着她显得娇弱和恐慌的但却是和蔼的面容。然后他走近伊沃娜，非常轻地把手放在她的肩上。她感觉到这只手在她颈子附近轻轻地抚摸，对此她本应该予以搭理的。

“天黑了，”他终于说话了，“我去关门板。您不要停止弹琴……”

这时候，他那颗捉摸不透的和孤僻的心里究竟在想什么呢？我经常向自己提这个问题，但只是到了很晚——为时太晚了——才明白过来。是自己意识不到的内疚？是解释不清楚的遗憾心理？是害怕他紧紧抓住的、从未有过的幸福会一下子从他手里消失？还是一股可怕的魅力在叫他把他好不容易得来的无比幸福立即付之一炬？

他又看了他年轻的妻子一眼，就慢慢地、默默地走出去。我们从树林边缘看到的是他先迟疑不决地关上一扇窗板，出神地朝我们的方向凝视，又关上另一扇，然后猝然朝我们的方向飞奔而来。我们还来不及躲一躲，他已经到了我们的面前。当他要越过草地边缘一条新栽的小篱笆时，瞧见了我们，他往旁边一闪。我记得他举止惊慌，神色像只被人追捕的动物……他装出回转步子，准备越过小河那边篱笆的样子。

我喊他：

“莫纳！……奥古斯丁！……”

但他甚至连头也不回。我明白只有一种办法可以叫住他，于是我叫道：

“弗朗兹来了，你停下来呀！”

他终于停了下来，气喘吁吁，不让我有时间准备一下我要说的话，就说：

“他来了！他要什么？”

“他很不幸，”我回答，“他来求你帮助他把他所失去的人找回来。”

“啊！”他低下脑袋，说，“我早就料到了。我曾想把这个想法忘掉，但白费劲了……他现在在哪儿？快说呀！”

我说弗朗兹刚走，现在要赶上他已经不可能了。莫纳听了很是失望。他踟蹰不前，走了两三步停下来：他似乎犹豫和难过到了极点。我告诉他我已代替他向弗朗兹许下了些诺言，我还说我跟这个年轻人约好一年为期，在同一地方再见。

一般情况下镇定自若的奥古斯丁现在达到情绪激烈和急不可待的地步了。

“啊！为什么那么干！”他说，“当然是的，我肯定能救他。但得马上行动。应该让我和他见面，和他说话，请他原谅我，让我来补救一切……否则我再也不能到那里去了……”

他转头朝着萨勃劳尼埃的房屋。

我说：“那么，为了你小时候的一个诺言，你现在正在毁灭你自己的幸福。”

“啊！要仅仅是这个诺言就好了。”他说。

因而我明白了还有其他的事使这两个年轻人联系在一起，但我猜不出究竟是什么事。

“总之，”我说，“现在跑也来不及了。他们现在正朝着德国的公路进发。”

他正要回答，忽然一个蓬头散发、惊慌失措的面容出现在我们两人之间，是德加莱小姐。她一定奔跑了，因为她汗流满面；她大概还摔了跤，受了伤，她的右眼上面的额头掀开了皮，头发上凝着血块。

我在巴黎穷人区上街时曾经看到一对夫妻，看上去很幸福、很和睦、很诚实，可倏忽打起架来，惹得警察过来把他们拉开。吵架的事是猝然发生的，是随时随地坐下来吃饭的时候，星期天出门的时候，庆祝小男孩生日的时候……到了这时他们已经忘掉了一切，吵红了眼，搞得天翻地覆、鸡犬不宁。在这场混战之中，男人和女人成了两个可怜的魔鬼，孩子们满面泪痕，扑到他们身上，紧紧地拥抱他们，求他们不要作声，要他们不要再相互殴打。

德加莱小姐赶到莫纳身边时，她使我想起这些孩子中的一个——这些急得发了疯的孩子中的一个。我相信，即使她所有的朋友、全村人、许许多多人都来看着她，她也仍旧会跑来，仍旧会这样披头散发、哭哭啼啼、蓬头垢面、跌跌撞撞地赶来。

等到她明白莫纳就在那儿，至少这次他不会弃她而走，她就把胳膊插到他的腋下；然后不由得像孩子似的破涕为笑了。他们两个人谁也没有说话。但是等到她掏出手绢，莫纳从她手中把它拿过来，他仔细谨慎地替姑娘擦去玷污头发的血痕。

“现在该回去了。”他说。

冬天傍晚的和风吹拂在脸上。我由他们回转家门——他在难走的地方用手扶着她，她微笑着加快步子——回转他们抛弃了一会儿的住所。

第十章　弗朗兹之屋

尽管上一天的风波已经圆满解决，但我仍然放心不下，沉闷的忧虑折腾着我。第二天我得在学校里关一整天，下午自修课一结束，我就出发上萨勃劳尼埃。当我赶到通向房舍的杉树林间小道时，夜幕已经降临，所有的窗板已经关闭。我思忖：人家结婚才第二天，我就那么晚到人家家里去，实在有点不识时务。我在花园的林边和附近的地里溜达了好久，总希望看到从关着的房子里走出一个人来……但是我的希望落空了。连隔壁的佃户住宅里也什么动静都没有。我只得回家，脑子里想入非非，尽是些最坏的设想。

再下一天，星期六，同样的踯躅不定。下午，我匆忙拿了我的风衣、棍子和一块面包以备路上吃，及至我赶到萨勃劳尼埃，夜幕又已降临，看到的情景和前一天一样：所有的窗板都闭上了……二层楼虽有一丝亮光，但没有一点声音，没有丝毫动静……然而这次我看到佃户院子里农舍的门开着，大厨房里燃着火，我又听到晚餐时刻惯有的说话声和脚步声。这一点虽然没有告诉我什么消息，但我放心了。我对这些人既不能说什么，也不好问什么，只得又踅回去张望，心里总想能看到门扇打开，奥古斯丁高大的身影最终会出现，但结果还是白等一场。

只是到了星期日下午，我才决心去按萨勃劳尼埃的门铃。当我爬上光秃秃的山坡时，听到远处正在打冬日礼拜天的晚祷钟。一种凄凉的预感侵袭了我，我感到孤独忧伤，所以，当打铃后我看到只是德加莱先生一个人来开门时，我只有一半惊愕。他对我轻声说：伊沃娜·德加莱发高烧，卧床了；莫纳大概星期五清早就出远门，不知道他要到何时方能回转……

老头儿非常悲痛，十分沮丧，没有请我进去，我不久也向他告辞。门关上了，我闷闷不乐，心乱如麻，在台阶上停了一会儿，也不知道为什么瞧着一枝枯萎了的紫藤在一抹斜阳下，被风吹得凄凉地来回摆动。

这么说，莫纳从生活在巴黎的时候起就萌生的内疚现在终于占了上风，以致使我的大个儿挚友最终抛弃了他踏破铁鞋方才觅来的幸福生活……

每逢星期四和星期日，我去探问伊沃娜·德加莱的病情，直到一天晚上，她终于进入了恢复期，让人请我进去。我在大窗户朝田野和树林方向开的厅堂里看到她坐在火炉边。并不像我预料中那样脸色苍白，相反正在发烧，眼睛下面好几处呈深红色，情绪颇为激动。尽管她看上去很虚弱，但她已经穿好衣服，像要出门的样子。她讲话不多，但讲起话来特别热烈，仿佛要向自己证明幸福并不曾消失……我已记不清我们都说了些什么，只记得我后来吞吞吐吐地问莫纳何时才能回转。

“我不知道他什么时候回来。”她急切地回答说。

她的目光中露出恳求的神色，我就不便多问了。

我经常前去看她，经常在厅堂里的火炉边和她聊天。厅堂比较低矮，所以夜晚比所有别的地方要来得早。她从来不谈自己，也不谈她隐藏在内心的痛楚，但她要我讲述我们在圣·阿加特学生生活的细节，百听不厌。

她端庄地、和颜悦色地听着我们大孩子时的不幸遭遇，给予慈母般的关怀。她对我们最放肆、最危险的淘气事也从不表示惊异。她从德加莱先生那里继承了这种温柔的、关怀别人的品德，连她哥哥可悲的冒险行为也没能使之受到影响。我认为她过去唯一感到遗憾的事是她还没有成为她哥哥的贴心人：在他极度苦恼之际，他对她和对待别人一样都不敢吐露真情，只认为自己已经陷入绝境，毫无办法了。我一想到这里，感到这个年轻女子身上的担子是很繁重的：要帮助像她哥哥那样疯疯癫癫、不切实际的人是十分棘手的事，要和我的挚友大个儿莫纳那样充满冒险精神的人同舟共济是桩艰巨的任务。

她哥哥生活在幼稚的梦幻之中一直到二十岁，但她一直相信着她哥哥的梦幻生活，注意替他把这种生活方式保存下来，哪怕是点点滴滴也好。对此她有一天提供了最感人肺腑、简直要说是最神秘莫测的证明。

四月的一个晚上，天气恶劣如同秋末。一个月来我们生活在温暖的早春之中；伊沃娜在德加莱先生的陪伴下恢复了她所喜爱的长时间散步。但这一天，老人身体很累而我凑巧有空，尽管天气不妙，她还是要我陪她散步。当我们走出萨勃劳尼埃半古里，沿着小池漫步时，忽然雷声隆隆，雨水和冰雹向我们一齐袭来。我们走进一个敞棚下躲避下个没完没了的滂沱大雨，两人挨近站着，在变黑的景色前出神。人被大风冻僵了；我现在还记得当时她穿着素色的连衫裙，脸色苍白，痛苦万状。

“该回去了，”她说，“我们出来了好长时间了。会发生了什么事呢？”

可是，使我惊奇的是，当我们能够离开避雨的场所时，年轻的女人并没有朝萨勃劳尼埃的方向回转，而是继续往前走，还让我跟着她。走了很久以后，我们到了一幢我所不知道的房屋前。房子孤零零地坐落在估计是通向普雷弗朗吉的塌陷了的道路旁。这是一幢有产阶级的小屋，青石屋顶，除了它远离村落、没有比邻之外，和当地其他类似的房屋并无差异。

瞧着伊沃娜熟门熟路的样子，人们会以为这幢房屋是属于我们的，只是我们出了远门，好久不住人了。她弯着身子，打开小栅栏门，急忙带着忧虑的情绪巡视这个孤零零的地方。长满杂草的院子，孩子们可能曾经在这里度过冬末的漫长的晚上，现在被暴风雨弄成遍地水沟，还有一只铁环泡在水洼里。花园里孩子们下过花朵和小豆的种子，大雨过后只剩下一条白色的沙砾。终于我们看到一窝雏鸡，被大雨淋透，缩成一团挤在一扇湿门的门槛上。它们几乎全都死在母鸡发硬的翅膀下和零乱的羽毛下了。

看到这种凄惨的情景，年轻的女人发出一声轻轻的叫声。她俯下身去，也不管水和烂泥，在死雏里挑活鸡，把它们兜在她大衣的一幅下摆里。然后我们走进房屋——她有门上的钥匙。大风呼呼地灌进狭长的走廊，走廊旁边开着四扇门。伊沃娜打开我们右边第一扇，让我走进一间阴暗的小屋；我迟疑了好久才看清里边有农村式的小床，上面铺着红绸面的鸭绒盖脚被。她走到套间的其他地方找了一会儿，带回来一只垫有绒毛的篮子，里边装着这窝病鸡，然后珍惜地把篮子塞到鸭绒盖脚被下面。这时，一天来第一次出现的，也是最后的一抹软弱无力的夕阳余晖照得我们的脸色更加苍白，使得夜幕更为阴暗。我们伫立在这所奇怪的房屋里，冻得发僵，焦灼不安。

她一刻不停地跑去看她发热的鸡窝，拿掉一只死雏以免影响别的小鸡也死去。而每次我们总感到有件东西，仿佛刮进顶楼上面碎玻璃窗的大风，仿佛陌生孩子们的神秘的悲伤，在无声地泣诉。

我的女伴对我说："当弗朗兹幼年时，这儿是他的住所。他希望一个人有一幢房屋，离开人家远远的，他高兴的时候可以到那里去居住、游戏和娱乐。我父亲感到他这种怪念头挺滑稽、别出心裁，就没有拒绝他。当弗朗兹有兴趣时，即星期四、星期天或者别的时间，就像大人似的住到他自己的房屋去。周围农场的孩子们也跑来和他一起玩，帮他整理家务、耕耘花园。这真是极妙的游戏！到了晚上，他一人睡觉毫不害怕。我们对他十分钦佩，根本没有想到要替他担忧。

"这幢房屋无人居住，到现在已经很久了。"她叹口气继续说，"德加莱先生悲伤万分，但迫于年龄，没能采取什么措施去寻访或找回我的哥哥。他能有什么办法呢？

"我经常到这里来。周围的小农民像过去一样到院子里来玩。我喜欢想象这些孩子都是弗朗兹的老朋友，他本人也仍旧是个孩子，不久后他将和他自己选择的新娘一起回来。

“这些孩子都认识我。我和他们一起玩。这窝小鸡就是我们的……”

她失去了这么疯疯癫癫、这么可爱、这么令人钦佩的哥哥而感到无限惆怅，这些她从来只字不提的极度悲痛的心情，一直要等到这场大雨，等到她这次孩子般的内心冲动，她才向我倾诉。我一点不打岔地听她讲，心里难过得想放声痛哭一场。

我们关好房门和栅栏门，把雏鸡放回房屋背后的木板房内，她又忧郁地扶着我的胳膊，由我护送回家……

几星期、几个月过去了。韶华流逝，幸福消失！我的挚友远遁在外，对这个在我们整个少年时代象征着仙女、公主和神秘的爱情的女人，这个时候该由我来扶起手臂，好言抚慰。现在我对这段时间，对在圣·伯努瓦山坡地上的小学上完课后每天晚上和她的交谈，对我们的散步有什么好讲的呢？我们唯一该谈的事，恰恰正是我们决定唯一避而不谈的事。我现在所能半模糊不清记起来的只有一张美丽而削瘦的脸庞，一双漂亮的眼睛，当它们看着我时，眼皮慢慢地下垂，仿佛它们除了自己的内心世界什么也看不见了。

整个春天和整个夏天，好像这种情况以后永远不再有了，我始终是她忠诚的同伴，陪着她。我们一起等待，但大家心照不宣。好几次下午,我们回到“弗朗兹之屋”去。她打开门窗透透气，这样年轻夫妇回来时里边的东西不致霉烂。她还照看在家禽圈里半野了的家禽。星期四和星期天，我们鼓励附近农民的孩子来做游戏。他们在这处前不巴村、后不巴店的地方的叫声和笑声，使得这座无人居住的小屋显得更加荒凉和空旷。

第十一章　雨下的交谈

八月份放暑假，我离别了萨勃劳尼埃和年轻的伊沃娜，回到圣·阿加特度我的假期。我又看到了干燥的大院子、风雨操场、空无人影的教室……一切都让人想起大个儿莫纳。一切都充满着我们业已结束了的少年时代的回忆。在这些长长的、昏黄的日子里，我像从前莫纳来前那样，成天关在档案室里，关在无人的教室里。我读着，写着，回忆着……父亲到远处钓鱼去了；米莉和从前一样在厅堂里缝纫或弹琴……教室里一片沉寂；绿纸做的花冠被撕碎，获奖书的包装纸狼藉满地，擦拭干净的黑板，所有的一切都说明学年已经结束，奖金已经颁发，大家在等待秋天、等待十月份开学再来做出新的努力；这也使我想到我们的青年时代已经过去，幸福已经错过；我也等待着回到萨勃劳尼埃去，等待着莫纳回来，但他可能再也不会回来了……

然而当米莉要询问我有关新娘的情况时，我还是有条好消息向她宣布。一般来说我很害怕她的提问，她天真无邪但又很狡黠，往往触及你灵魂深处的秘密点，使你猝然感到处境很狼狈。这次我不管她说什么，就用一句话把她打断，说我朋友莫纳的年轻的妻子十月份要做妈妈了。

不过我自己回想那天伊沃娜·德加莱让我明白这桩重大消息时的情景，当时有一度沉寂；从我这边说，因为我是个年轻男人，有点不好意思。为了摆脱窘境，我马上不假思索地说——等到我想到这样说会引起她何等的愁肠时，已经为时太晚了：

“您大概很高兴吧？”

但是她没有私下盘算，没有遗憾，没有懊悔，也没有怨恨，而是带着幸福的微笑，回答说：

“是啊！很高兴。”

假期最后的一周，一般来说是最美丽、最罗曼蒂克的：大雨倾盆，人们开始生火取暖，我以往都到老南赛的黝黑潮湿的杉树林里去打猎。可这一次我整理行装，准备直接回到圣·伯努瓦去；因为菲尔曼、朱莉伯母、老南赛的堂姊妹们会向我提出许多问题，我不愿意回答。我这次放弃一周令人陶醉的乡下狩猎生活，开学前四天就回到学校的校舍去。

夜晚之前我回到了已经铺满黄叶的庭院里。马车打发走后，我在回声缠绕和“有霉味”的餐厅里忧郁地打开妈妈给我准备的食物包……我急不可待，忧心忡忡，胡乱地吃了点东西，就穿上披风焦躁不安地出去散步，径直走到萨勃劳尼埃的边缘。

我不愿意刚到的第一天晚上就闯入人家的房屋，然而我毕竟比二月份时勇敢些了，在庄园外边转了一圈。整座庄园只有年轻的女主人那扇窗户亮着灯，我转圈以后，走进屋后花园的围墙，靠着篱笆，坐在一条长凳上。阴影越来越长。我为能待在那儿而高兴，世界上最使我感动又最使我担忧的事情就在附近。

黑夜来临，开始下起蒙蒙细雨。我低着脑袋，心不在焉地看着鞋子慢慢浸湿，闪耀水光。阴影渐渐侵吞了我，周围的凉爽沁人心脾而又不扰乱我的梦幻。我柔情绵绵，心情悲哀，联想到也是这么九月份的一个晚上圣·阿加特泥泞的道路上，广场上全是雾气，屠夫的孩子吹着口哨走向消防队，咖啡店里灯火辉煌，满满一车撑着雨伞的快乐的人在假期结束之前来到弗洛劳坦伯伯家……我忧郁地自言自语：“我的挚友莫纳，还有他年轻的妻子都不能去，所有这些幸福又有什么价值呢？……”

就在这时，我抬起头来，看见她就在我面前，她的鞋子走在沙地上声音很轻，我把它和篱笆的滴水声混淆了。

她头上和肩上包着一块羊毛大头巾，细雨洒在她额前的头发上。估计她从自己房间朝花园开的窗户里看见了我，就朝我这儿来了。从前我妈妈为我操心，到处找我为了对我说“该回去了”，可她自己对晚上雨下散步也发生了兴趣，只是温存地说“你要着凉了”，就陪伴着我并和我长久地交谈……伊沃娜·德加莱把一只发烫的手伸给我，也不想让我到萨勃劳尼埃去，而在长了藓苔和铜绿的长凳比较干的一端坐下；我站着，膝盖靠在这张长凳上，向她弯下身去听她说话。

她首先责备我缩短了假期。

我回答说：“我该早点回来陪你呀。”

“那倒是，”她叹了口气，用几乎完全压低了的声音说，“我仍旧是一个人，奥古斯丁还没有回来……”

我把这个叹气声当作了懊丧，当作了强忍下去的责怪，就开始慢慢地说：

“可惜他这么高贵的头脑里却有着那么多疯疯癫癫的思想。也许他爱好冒险，甚于一切……”

但年轻的女人打断了我。这样，在这个地方，这天晚上，她第一次，也是最后一次跟我谈起了莫纳。

“您别那么说，”她温和地说，“弗朗索瓦·索雷尔，我的朋友。只有我们，只有我是有错的。您想想我们做过的事……”

我站着，膝盖靠在这张长凳上，向她弯下身去听她说话。

“我们跟他说：‘幸福就在这里，你整个青年时代追求的东西就在这里，你梦寐以求的年轻姑娘就在这里！’

“被我们这样推着肩胛走的人怎么能不犹豫彷徨，然后是惊惶失措，然后是恐惧万状呢？怎么能让他不受引诱而远走高飞呢？”

“伊沃娜，”我低声说，“您明明知道您就是他追求的幸福，那个年轻的姑娘。”

“啊！”她叹息说，“我怎么能有一刻这种骄傲的想法呢？这种想法是一切不幸的根源。

“我嘴上跟您说过，‘可能我对他任何忙也帮不上’，可我心里却想：‘既然他这样地寻找我，既然我也爱他，我应该能使他幸福。’但是当我看到他在我身旁心情仍旧平静不下来，看到他忧心忡忡，有一种无法解释的内疚，我明白了我只不过和别人一样是个可怜的女人……

“新婚之夜刚结束，天蒙蒙亮时，他对我一再重复：‘我配不上您。’

“我就想法安慰他，让他安心，但没法使他的忧虑平息下去。于是我跟他说：‘要是您必须出门，要是尽管我现在走向您，但仍旧不能使您幸福，要是您必须离开我一段时期以便以后心情平静地再回到我身旁，那么我求您走吧……’”

黑暗之中我看到她举眸望着我，好像她向我做了一次忏悔，正焦虑地等着我同意她或者批评她。但是我能说什么呢？诚然，我在内心深处又看到从前的大个儿莫纳：愣头愣脑，性格孤僻，他宁可受罚也不愿请求原谅或者提出个请求——其实他这样做人家一定会答应的。大概非要伊沃娜·德加莱向他发脾气，两只手捧住他的脑袋，对他说“您所做的事有什么关系？我爱你。所有的男人不都是有罪的人吗？”才行。估计她犯了个严重的错误：她出自慷慨之心，出于牺牲的精神让他又这样走到冒险的路上去……但是她是一片好心，一片真情，我怎么能否定她呢？……

沉默了长久的一阵子，听着冰冷的雨水在篱笆上、树枝上往下滴，我们的心都碎了。

“所以他天亮就动身了。”她接着说，“从此以后，我们之间再也没有隔阂了。于是他像个要出远门的丈夫离别年轻的妻子时的情景一样，简单地吻了我一下……”

她站起来。我把她发烫的手捏在手里，然后扶着她的胳膊，在黑咕隆咚之中走上小径。

“可是，他从来没有给您写信？”我问。

“从来没有。”她回答道。

于是我们两人不约而同地想到他现在正在法国或者德国的大路上，正在外边过着走南闯北的生活。我们开始谈起他，好像我们从来没有那么做过。我们一边慢慢地走回房屋，一边回忆他：一些已经忘却了的细节、从前淡薄的印象又涌回我们的脑海。我们每走一步都要停留好久，以便充分地交换我们回忆起来的往事……好久——直到花园的栏杆处——在黑暗之中，我听到年轻的女人高贵的声音；我以往的激情又爆发了，于是我带着深厚的友谊，跟她滔滔不绝地谈论着抛下我们远走他乡的人……

第十二章　重担

星期一就要开始上课了。星期六下午五点钟左右，庄园的一个女人走进学校的庭院；我正在那儿锯过冬的柴禾。她来向我宣布萨勃劳尼埃生了一个女孩子。生产很不顺利，晚上九点钟得去找普雷弗朗吉的接生婆。到了午夜，人们又重新套马车去请维埃尔宗的医生。他动了产钳，小女孩头部受了伤，叫得厉害，不过她似乎顺利地活下来了。伊沃娜·德加莱现在十分虚弱，她受了很多苦，但极其勇敢地挺了过来。

我撂下活计，跑去穿上另外一件短外衣。总而言之我对这些消息是挺高兴的，就跟着这个妇女一起到萨勃劳尼埃。我小心翼翼，唯恐两个受伤的人有一个睡着了，登上通向二层的木楼梯。在那儿，德加莱先生脸色疲惫但十分欣慰，让我走进房间，房间里边人们临时放置了一只摇篮，边上支了帐帘。

我从来没有进过当天生了婴孩的房间。这桩事使我感到奇怪、神秘和美好！下午天气真好——标准的夏日傍晚——德加莱先生胆子很大，打开了朝向庭院的窗子。他依着靠近我的大窗的窗台，精疲力尽，但十分欣慰地跟我讲昨天夜里的经过。我听着他说话，隐约感到现在有个陌生人和我们一起待在房间里了……

帐帘下边，一个小小的刺耳而又持久的叫声响了起来……于是，德加莱先生轻声地跟我讲：

“是头上的伤口使她哭叫。”

他机械地——人们感觉得到他从早晨到现在一直那么干，他已经养成习惯了——开始摇着小小的帐帘包。

“她已经笑了，”他说，“她会捏人手指了。您难道没有瞧见？”

他打开帐帘，我看见一张发红的虚胖的小脸，小头颅长长的，被产钳弄得畸形了。

“这没有关系，”德加莱先生说，“医生说过自己会好的……您把手指伸给她，她会捏紧的。”

我蓦地发现一个好像我所不了解的世界，一种我以前不知道的奇怪的快乐感油然而生。

德加莱先生小心翼翼地打开年轻妇女的房门，她没有睡觉。

“您可以进来。”她说。

她躺着，面部发烧，棕色的头发散在周围。她微笑着向我伸过手来，神情很是疲乏。我祝贺她小女孩生得不错。

她用有点沙哑的嗓门，带着她不常有的难听劲——像是刚从战场回来的人的腔调：

“是啊！可人家给我把她搞坏了。”她微笑着说。

为了不累着她，我不久就离开了。

第二天是星期天。下午，我急急忙忙，几乎是愉快地出发到萨勃劳尼埃去。那儿门上用别针钉着一块牌子，使我已经开始的动作停了下来：

“请勿按门铃！”

我猜不透究竟为了什么原因，就使劲地打门，只听到里面放轻了的脚步应声赶来，一个我不相识的人——他是维埃尔宗的医生——给我开门。

“发生什么事啦？”我急切地问。

“嘘！嘘！”他面有愠色，极轻地回答，“昨天夜里小女孩差一点死去，母亲的情况很糟。”

我完全不知道如何办才好，踮着脚尖跟他上二楼。睡在摇篮里的小女孩像是个死婴，脸色极为虚弱、苍白。医生在想法救她。至于母亲，他什么也不说……他把我当作这个家庭唯一的朋友，给我做了详细的解释。他说可能是肺充血、栓塞症。他吞吞吐吐，没有把握……德加莱先生走了进来，两天来他衰老得不成样子，惊慌失措，浑身发抖。

他把我带到房间里边，也不知道自己究竟要干什么。他轻声地跟我说：

“不能使她受惊；医生嘱咐要告诉她会好起来的。”

伊沃娜·德加莱躺着，脑袋像前一天一样后仰着，所有的血全都涌向脸部。面颊和额头都呈暗红色，两眼不时地翻白，像个要断气的人。她带着无法言喻的勇气和柔情在和死亡搏斗。

她不能讲话，但把烧得滚烫的手伸给我，充满了友情，我几乎要放声痛哭。

“您瞧，”德加莱先生提高嗓门，带着一种令人难受的、像是发了疯的诙谐语调说，“您瞧，尽管她病了，脸色还不太坏！”

我不知如何回答才好，我把垂死之人烫得吓人的手捏在自己的手里……

她想硬支撑着跟我讲几句话，问我一些事；她把眼睛转向我，接着又转向窗户，仿佛招呼我到外面去寻找某个人……这时她突然病情发作，喘不过气来；她那美丽的蓝眼睛——刚才还在悲哀地叫我——翻白了；她的面颊和额头变黑了，她慢慢地挣扎着，试图控制她的害怕和绝望，直至临终。人们——医生和护士——赶忙奔上去，带着一袋氧气、毛巾和药瓶；而老头儿趴在她身上喊叫——用他粗哑颤抖的声调喊叫，仿佛她已经远离他而去了：

“别怕呀，伊沃娜。没什么事呀！你用不着怕呀！”

然后危险过去了。她能稍微喘几口气，但她还是一半窒息着，眼球翻白，脑袋后仰，继续挣扎，但已经不能——哪怕是一会儿——从她已经陷入的深渊里挣扎出来，看我一眼，和我说说话。

……既然我待在那儿没什么用处，我决定还是走了。当然我可以再多待一会儿，现在一想到这里感到深深的内疚。为什么？我当时还抱希望，以为不会那么快的。

到了房屋背后的杉树林边，我一想起年轻妇女眼睛转向窗户，就像哨兵和人犯追捕者那样仔细地审视树林的深处：从前奥古斯丁就是从那里来的，上年冬天他也是从那儿走的。可是，现在一切都纹丝不动。没有一个可疑的影子，没有一枝树枝在摇晃。但是时间长了，我听到从普雷弗朗吉道路的方向传来细细的钟声；不久后，小路的拐弯处出现了一个孩子戴着一顶红色的教士帽，穿着一身学生装，后面跟了一个神甫……我赶紧把眼泪往肚子里咽，动身走了。

第二天是开学日。七点钟已有两三个孩子在院子里了。我犹豫了好久要不要下楼去露面。等到我转动了因关了两个月而发霉的教室门钥匙时，我最害怕的事情发生了：我看见学生中最大的孩子离开正在风雨操场玩耍的人群走近我。他跟我说："萨勃劳尼埃年轻的太太昨天入夜时死了。"

我顿时感到天昏地暗、一片混沌，各种各样的滋味汇集在这个痛苦之中。我现在似乎感到我再也没有勇气教书了。光是穿过学校光秃秃的院子，就使我觉得像断了膝盖，寸步难移。一切是痛苦的、艰难的，因为她已经死了。世界是空的，假期已完结。乘着马车长途跋涉的生活，完了！奇怪的节日活动，完了！……一切又恢复到原来的痛苦状况！

我跟孩子们说今天上午不上课了。他们三五成群，纷纷离去，走遍农村，把这个消息带给另外的孩子。至于我，我拿起黑帽子和一件绣边的短大衣，愁眉苦脸地向萨勃劳尼埃进发……

我抵达了我们三年之前还到处寻觅的那幢房屋前面，伊沃娜·德加莱——奥古斯丁·莫纳的妻子——昨天晚上就在这里死去。不熟悉的人可能会把它当作教堂，因为从昨天以来这块荒芜的地方是那么的安静。

以上就是开学第一天晴朗的早晨，透过树枝洒下来的秋天的险恶的太阳光给我们所准备下的礼物。叫我怎么和心中这可怕的不平，这股涌上眼眶、令人窒息的泪水做斗争呢！我们重新找到了美丽的姑娘，我们获得了她。她成了我挚友的妻子，我也怀着一种从不明言的深厚而神秘的友谊热爱着她。我像个小孩子，瞧着她都感到高兴。有朝一日我可能会娶另一个姑娘，但我一定会把这桩重大的秘

一切是痛苦的、艰难的，因为她已经死了。世界是空的，假期已完结。

密的消息首先告诉她……

靠近门铃的门角上，昨天的牌子依然挂着。人们已经把棺材运来，放在下边的前厅里。二层的房间里，婴儿的奶妈来接待我，跟我讲临终的情景，并轻轻地半开房门……她就在里边：再也不发高烧，再也不做挣扎，脸颊不再泛红，不再期待……只有一片沉寂，只有一张发硬的、失去知觉的、惨白的面庞，边上围着棉絮，僵死的额头露出浓密的硬发。

德加莱先生蹲在角落里，背冲着我们，光穿袜子没穿鞋。他一股劲儿地在一只从柜子里边抽出来的、零乱的抽屉里翻腾，不时从里面捡出一张他女儿的、已经变黄的旧照片，陪随着一阵像笑一样的痛哭声，双肩抽搐不已。

葬礼定在中午举行。医生害怕栓塞症之后，尸体会很快腐烂，所以在头部周围放了许多浸透苯酚的棉花，全身周围也是如此。

衣服换好了——人们给她穿上了她最漂亮的深蓝丝绒、上面点缀小银星的连衫裙，不过漂亮肥大的袖子已经过时，还得把它们弄皱放平。当要把棺材抬上来时，人们发现走廊太窄了，转不过弯来，所以只得用绳子从窗户外面把棺材吊上来，过一会儿再用同样的方法放下去……德加莱先生一直俯身在陈货旧物之上寻找什么东西，这时突然怒不可遏地插了进来。

“宁可……”他的声音被眼泪和怒气所打断，唏嘘着说，“宁可我自己用手抱着她下楼也不能干这种不像话的事……”

他真的会那么干的，顾不上自己会在半道上昏倒，和她一起跌倒下去！

于是我走向前去。只有一个办法，我采用了：在医生和一个妇女的帮助下，我把一只胳膊塞在死者的背下，另一只胳膊塞在她的腿下，把她抱起来贴在我的胸前。她坐在我的左臂上，双肩靠在我的右臂上，头仰倒在我下巴颏的下面，身体压在我的心上，重得要命。我慢慢地往下走，一级一级地步下陡直的楼梯；这时下面人把一切准备就绪。

我很快累断了双臂。胸前这么重的分量，每走一级气喘得更急。我拼命地抓住又僵又重的身体，脑袋抵在我抱着的人的头上，大口大口地喘气；她的棕发被我吸进嘴里——是死人的头发，它们发出一股泥土味。这股泥土味和死人味，这股压在胸口的分量，对我来说是那场大奇遇和您——伊沃娜·德加莱，长期被寻找、深深被眷恋的年轻姑娘——所给我留下来的全部东西。

第十三章　每月作业本

在这充满悲伤回忆的房屋里，一些妇女成天摇着摇篮，抚慰一个生病的婴儿。老德加莱先生很快也卧床不起，等冬季大冷天一到，就平静地故世了。我在这位慈祥的老人的床头不禁热泪纵横。他的宽厚仁慈以及他和他儿子连在一起的异想天开的思想，是我们整个奇遇的根源。他是在完全不明白过去发生的一切这种蒙在鼓里的情况下，而且几乎是在绝对的安静之中死去的，这是件很幸运的事。他好久以来在法国的这个地区中无亲无故，在遗嘱中规定在莫纳回来之前我是他全部遗赠财产的承受人。万一莫纳回来，我就应向他交代一切……我从此就住在萨勃劳尼埃了，只是要教课时才去圣·伯努瓦。清早出发，中午把我在庄园准备下的食物在炉子上稍微热一热充当午餐，自修课后马上回转。这样我可以把由农场佣人照看的小孩子守在身边。这样做尤其能增加我遇见奥古斯丁的可能性，如果有朝一日他回萨勃劳尼埃的话。

另外我也希望能够久而久之找到些纸片，寻到些蛛丝马迹，使我了解他前几年杳无音信的日子是怎么过的——也许因此能明白他这次要远走的原因，至少能找到他的踪迹……我已经翻箱倒柜，搜寻了不知多少壁橱、衣柜，在堆物间里打开许许多多大小不同的旧盒子，有的里面塞满一叠叠的信件和德加莱家发黄的照片，有的塞满纸花、冠毛和飞鸟羽毛。盒中散发出来难以名状的枯萎的气味和消失了的香味，使我忽然整整一天浸沉在回忆和悲痛之中而停止我的寻找……

一天放假，我终于发现阁楼上一只又长又矮的小箱子，上面盖着一块有一半被虫蛀掉了的猪皮；我认出来这是奥古斯丁当学生时的箱子。我责怪自己怎么没有从这儿开始我的搜查。我毫不费劲地撬开了锈锁。箱子里塞得满满的，全是圣·阿加特的书籍和本子：算术、文学、难题簿……我与其说怀着好奇心还不如说怀着同情心在里边寻觅，重读我还背得出来的听写，因为当年我们抄过许多遍——卢梭的《引水渠》、保尔·路易·古里埃的《加拉勃勒的一次奇遇》《乔治桑给儿子的信》。

里边还有一本每月作业本。我颇为吃惊，因为这种本子是留在学校里，学生不能往外带的。这本本子是绿颜色的但边缘已经变黄；学生姓名，“奥古斯丁·莫纳”，工工整整地写在封面上。

我打开本子。从作业的日期——一八九几年四月——看，我发现莫纳在离开圣·阿加特之前没几天才开始启用它。最初几页写得非常工整，一般人在这种作业本上写字，开始时全都如此。但是写了不足三页，其余的都是白纸，所以莫纳把它带走了。

我跪在地上，一面回想着这些习惯，这些我们少年时代看得很重、幼稚可笑的规矩，一面用大拇指翻着这本没有用完的本子。这样，我发现其他页上又有笔迹了。四页空白之后，他又开始写了。

笔迹还是莫纳的，但是匆匆写就，非常潦草，几乎让人辨认不清；长短不一的段落，中间由空行隔开。有时只是一句没有写完的话，有时只有一个日期。一看第一页，我就估计能从中了解到莫纳过去在巴黎的生活情况，里边有我要寻找的路线的启示，所以我把本子带到下面的餐厅里，以便有空时在阳光之下阅读这份奇特的资料。那天是天气晴朗而又多变的冬日，一会儿强烈的阳光在白色的窗帘上印上玻璃窗的格子的影子，一会儿骤然刮来的大风把一阵冰冷的大雨倾注在玻璃窗上。我就是凭依这扇窗，靠近火炉，读着本子里写的东西。它们跟我解释清楚了许多事情。

下面就是我所抄录的十分准确的原文……

第十四章　秘密

我又一次到窗下去。玻璃窗还是积满尘埃，被后面双层窗帘衬得雪白。即使伊沃娜·德加莱来打开它，我也没什么话好跟她讲了，因为她已经结婚了……现在，怎么办？怎么活下去？……

二月十三日星期六——我在沿河马路上又遇上这位六月份提供我情报，也和我一样老在关闭着的屋前等待的姑娘……我跟她讲了话。当她走路时，我在一旁看她脸上的小缺点：嘴角边有一丝皱纹，脸颊有点凹进去，鼻梁两边积了脂粉。她倏地转过身来正面看着我，也许是因为她的正面比侧面好看的缘故吧。她用短促的语调跟我说：

"您使我非常高兴。您使我想起从前在布尔日一个向我献殷勤的年轻人，他甚至还是我的未婚夫呢……"

但到了深夜，在无人和湿得可以反射煤气灯光的人行道上，她突然走近我，要我那天晚上带她和她姊姊去看戏。我第一次发现她正在服丧，戴着一顶太太帽，对她年轻的面容来说太老气了。她有一把长长的雨伞，细得像根手杖。因为离她很近，当我一举手，我的指甲就擦在她衬衣的黑纱上了……我摆架子，不答应她的要求。她生气了，马上就要走。现在轮到我挽留她，请求她了。这时一个工人在黑影里走过，他低声开玩笑说："小姑娘，别去，他会欺侮你的！"

我们两人呆在那儿，不知所措。

剧场里。两个姑娘——我的朋友瓦朗蒂娜·勃隆多和她姊姊——都披着劣质的头巾。

瓦朗蒂娜坐在我的前面。她时不时转过头来，忧心忡忡，似乎在寻思我要她做些什么，而我在她身旁，几乎感到很幸福。我每次都对她报以微笑。

我们周围有些妇女胸袒得厉害，我们就此说着开玩笑的话。她开始也微笑，以后她说："我不应该笑，我自己的胸也袒得太开了。"说着她把自己裹在头巾里。的确，人们看到在黑色方花边下面，她因为匆忙换装，把她高领衬衫的领子翻到下边去了。

她时不时转过头来，忧心忡忡，
似乎在寻思我要她做些什么，而我在她身旁，几乎感到很幸福。

在她身上有一股我说不上来的穷酸相和天真味，在她目光中有一股受苦受难和勇于冒险的神情吸引了我。她是世界上唯一能把有关庄园里的人的消息告诉我的人，我在她身旁不时地回想着我从前奇特的经历……我想再次询问她林荫道上那幢小房子的情况。但她却向我提出一些十分棘手的问题，叫我不知如何回答才好。我感到从今后我们两个人只能对这方面避而不谈了。可我也知道我以后还会和她见面的。但这又有什么意思呢？又为了什么呢？难道只要谁身上带着一点有我这次落空了的奇遇的最遥远、最模糊的气息，他就能牵着我的鼻子走吗？……

午夜，我独自一人在夜深人静的街上，自己问自己这次新的奇特的故事算是怎么回事。我沿着像排列成行的纸板盒式的房屋行走，屋子里有许多人在睡觉。我蓦地回忆起我上个月下的决心：我曾经下决心深更半夜清晨一点钟左右到那里去，打开花园门，像小偷似的进去，去寻找一个能使我重新返回偏远庄园的线索，以便再次看到她。仅仅为了能再次看到她……但是我累了，我也饿了。我自己在上剧院之前也是匆匆换的装，没有吃饭……我内心翻腾，忧虑忡忡。然而我仍旧长时间地坐在床边，迟迟不睡，为一缕模糊不清的内疚所折磨着。究竟是什么道理呢？

我还注意到这点：她们既不愿意我送她们回去，也不肯告诉我她们住在哪里。但是我尽可能地跟着她们走。我知道她们住在巴黎圣母院附近拐弯进去的小街上。但是什么门牌号？……我猜想她们是裁缝或者时装师。

瓦朗蒂娜瞒着她姊姊，和我约好星期四下午四点钟到我们去过的那个戏院子碰头。

“要是我星期四不在，”她说，“您星期五同一时刻来，然后是星期六，然后是星期天，以此类推。”

二月十八日星期四——我冒着驱走雨意的大风去了。每时每刻人们都在说，天还是要下雨的……

我在街上半暗半明之中走着，心上压着块石头。一滴雨水掉了下来。我害怕真是下起雨来：因为雨下大了会阻碍她前来。但是风又刮起来，这次老天没有下雨。天上——在下午灰色的天空里，一会儿呈灰色，一会儿又放晴——一大片乌云被风吹散。而我却待在这里可怜巴巴地傻等。

戏院的前面。过了一刻钟我肯定她不会来了。我站在沿河马路上，监视着远方，看到她来时应该走过的桥上人群熙来攘往。我的目光陪随着所有走过来戴黑纱的妇女，我对那些模样像她的人几乎抱着感激之情，因为她们在走得很靠近我之前，能够让我在很长时间寄予希望……

等了一小时，我厌了。夜幕降落时，一个警察把一个流氓拖进附近的一个派出所。流氓声嘶力竭地嚷着各种各样的骂人话，各种各样凡他所知的肮脏话。警察怒不可遏，脸色铁青，一声不响……一进走廊就开始揍他，然后他索性随身带上派出所的门，以便痛痛快快地揍那个家伙……我产生了这个可怕的念头：我也抛弃了天堂，并且正在地狱的门口闲逛。

我懒得再等，离开这块地方，走进塞纳河和巴黎圣母院之间这条又矮又窄的街道：我已差不多知道她所住房屋的地点了。我独自一人来回转悠。间或一个女佣人或主妇在蒙蒙细雨下趁天黑以前出来买东西……这里我什么也等不到，就离开了。发亮的细雨使夜来临得迟缓，在雨中我又走过广场，我们约定该在那儿等，但是那儿的人比刚才多得多了，有黑鸦鸦的一群……

猜想——绝望——困倦。我转到这个思想上：明天。明天，同一个时间、同一地点，我再来等她。我盼着明天马上就到。我厌倦地想着，今天晚上和明天上午，我将在百无聊赖之中度过……可今天不是差不多过完了吗？回家之后，我靠着火炉，听到在叫卖晚报。也许在巴黎圣母院附近，在城里某处偏僻的地方，她也听到了叫卖的声音。

她……我是指瓦朗蒂娜。

我曾经希望躲开的夜晚非同寻常地压在我的心上。时间在过去，这天转眼要结束了，我也希望它已经结束，而有些人却给了它全部希望、全部爱情和最后的力量。有些人处在弥留之际；有些人借票要到期，他们都希望明天永远不会来到；对有些人来说，明天的到来意味着后悔和内疚；另一些人累了，需要休息，他怎么也不会嫌今夜太长。而我已经浪费了整个白天，我有什么权利来召唤明天呢？

星期五晚上。我曾经希望能写下："我还是没有遇见她。"这样一切就可以完了。

可今天下午四点钟我到剧场转弯角上时，她已在那儿。她又细气，又庄重，穿着一身黑，但脸上抹了脂粉，一条皱领使她的样子像一个有罪的丑角。她有一种既痛苦又狡黠的神情。

她来是为了向我说明她马上要离开我，她要一去不复返了。

可到了夜幕降落时，我们还是两个人，紧挨着慢慢地走在杜伊勒里花园[1]的沙砾地上。她跟我讲她的生平，但闪烁其词，我没有听懂。她提到她没有嫁成的未婚夫，称之为“我的情人”。我认为她是故意这么称呼，为的是使我反感，让我不要恋着她。

她有的话我很不乐意地记录如下：

“请您别信任我，”她说，“我一生尽干疯疯癫癫的事。”

“我独自一人出门很多。”

“我使我的未婚夫绝望。我抛弃了他因为他太崇拜我了。他把我看作理想中的人物，而不是实事求是地看待我。可实际上我身上全是缺点。我们会十分不幸的。”

每时每刻我都发现她在自我作践，讲得比实际更坏。我认为她想自我证明她当年干她现在所谈到的蠢事是有道理的，她没有什么可遗憾的，对呈现在她面前的幸福她是不配的。

又有一次：

“您身上使我欢心的东西，”她看了我好久对我说，“您身上使我欢心的，我说不上什么缘故，是我对过去的回忆……”

1 杜伊勒里花园（Les Tuileries）位于巴黎，是旧时的王宫。

另外一次：

“我还爱着他。”她说，“比您想象的要深。”

她然后突然出人意外地、粗暴地、悲伤地说：

“可，您要干什么？您也爱我吗？您也要向我求婚吗？……”

我结结巴巴。我不知道回答了什么。也许我说：“是的。”

这类日记到此中断了。下面开始是看不清的、再三涂改的信件的草稿。真是不牢靠的婚事！……在莫纳的请求下，那姑娘放弃了她的职业。他也忙着准备结婚。但是他又不断地想着要继续寻找，就再度出发去跟踪他丢失了的爱情。因而他大概有好几次失踪不见了；在这些信件中，他十分尴尬地设法在瓦朗蒂娜面前为自己的行为辩解。

第十五章　秘密（续）

接着日记又开始了。

他记了一些他们俩一起在我所不知道的某处乡村里度假时的回忆。奇怪的是，从这时候起，也许由于某种羞耻心的缘故，日记记得十分零乱，很不完整，匆匆起草，致使我得自己再整理一遍，把他这一阶段的生活串联起来。

六月十四日。当他凌晨在旅馆的房间里醒来的时候，太阳已经照亮黑窗帘上的红色图案。农业工人在楼下大厅里喝早晨的咖啡，说话声很高：他们用难听的但是平和的语句在叙述他们对一个东家的愤慨。莫纳在睡梦之中听到这些平静的声音大约已经好久了。他开始一点也没有注意。窗帘上印着花卉，被太阳映成红色。清早人声传到楼上安静的卧室里来，所有这些，和在美好的暑假开始的那时候，在农村中黎明醒来时唯一的印象混淆成一块了。

他起身，轻叩隔壁房门，但没有听到回答，就不出声地把它打开了。他瞥见了瓦朗蒂娜，才明白他如此平静的幸福究竟源出何方。原来她还睡着，纹丝不动，绝对安静，像只入眠的小鸟。人们听不到她的呼吸声。他久久地望着这张闭着眼睛的孩子脸，脸色是如此安详。人家真舍不得把她吵醒以打破它的平静。

她没有做别的动作，只是张开眼睛看看，来说明她已经不再睡了。

等到她穿好衣裳，莫纳又回到了姑娘的身旁。

“我们迟了。”她说。她立即成了一个主妇，忙碌在她的住宅里。

她整理房间，刷洗莫纳前一天带来的衣服。但当她刷到长裤时都傻眼了。裤腿的一端沾满了厚厚的泥巴。她犹豫了，然后她在刷洗之前先小心谨慎地用小刀把第一层泥土刮下来。

莫纳说：“圣·阿加特的孩童们跌倒在泥水里后也是那么洗衣服。”

“可我，是我妈妈教给我这个办法。”瓦朗蒂娜说。

在他神秘的经历发生之前，大个儿莫纳——这个猎手和农民——所追求的农村正是这样的。

六月十五日。在农场由于他们朋友的介绍，他们被认作是丈夫和妻子，应邀去吃晚餐，这使他们很是苦恼；她表现得那么羞答答，真像一个新娘。

人们像在农村中举行婚礼那样，把铺着白油布桌子两端的烛台上的蜡烛点燃。在这种暗弱的光线下，当他们弯下身子时，面部就浸沉在暗影中。

农场主的儿子帕特里斯的右边是瓦朗蒂娜，然后是莫纳。尽管人家老想跟他攀谈，他自始至终沉默寡言。自从他下决心在这个偏僻的乡村里——这是为了避免人家议论——使瓦朗蒂娜成为他的妻子以后，同时又有一个懊悔和内疚之情使他坐立不安。当帕特里斯按照乡村绅士的派头主持晚餐时，莫纳思忖："今天本来应该由我在一间像这样的低矮的餐厅里，一间我所熟悉的、漂亮的餐厅里来主持我的婚礼的。"

瓦朗蒂娜在他身边羞答答地拒绝人家给她敬酒，活像个年轻的农妇。人家每做一次新的尝试，她就看着她的朋友，似乎想躲在他的怀里。帕特里斯坚持了好久要她干杯但都没有成功。这时莫纳俯身向她，温柔地对她说：

"该喝呀，我的小瓦朗蒂娜。"

于是她很驯服地喝了。帕特里斯笑着祝贺年轻人有这么一个听话的妻子。

但瓦朗蒂娜和莫纳两人都闷声不响，若有所思。首先他们累了，他们的脚由于散步而沾满了泥土，现在搁在厨房里洗刷过的方砖地上都冻僵了。其次，年轻人有时还不得不说：

“我的妻子，瓦朗蒂娜，我的妻子……”

每当他在这间暗淡的餐厅里面对这些素不相识的农民低沉地讲这些字眼时，总有犯了一个错误的印象。

六月十七日。最后一天的下午开始得很不好。

帕特里斯夫妇陪着他们去散步，到了长满欧石楠的高低不平的斜坡上，这两对人慢慢地分开了。莫纳和瓦朗蒂娜坐在小树丛的刺柏之间。

雨珠随风飘来，气压很低。夜晚似乎带着一股苦涩的味道，叫人厌烦，连爱情本身也不能散散他的心。

他俩在他们藏身之所待着，上面有密枝浓叶遮盖，很少说话。以后气压升高，天放晴了。他们以为现在一切都要好了。

于是他们开始谈情说爱。瓦朗蒂娜说啊，说啊……

“我的未婚夫像个孩子，他答应我下面几点：我们立即可以有一幢房屋，像乡村中偏僻的草屋。他说房屋已经准备就绪。结婚那天晚上，差不多是现在的时刻，天快黑的时候，我们可以像从远方旅行回来那样直接上新房去；路上、院子里，素不相识的孩子们会躲在树丛后祝贺我们的节日，喊着：‘新娘万岁！……’真是想入非非！是吗？”

莫纳愣住了。他忧虑不安地听着。他在这些话里似乎找到他已经听到过的一个声音的回声。而瓦朗蒂娜在讲这个故事时，话音里边也含有一种隐隐约约的追悔之意。但是她怕刺伤了他，就回眸看着他，感情冲动，含情脉脉。

她说："我要把我所有的一切都给您，有件东西对我来说比什么都宝贵……您把它烧了吧！"

于是她神情焦虑地、直瞪瞪地看着他，从口袋里拿出一小叠信件，把它递给他。这是她未婚夫的信。

啊！他立刻认出了秀丽的笔迹。他怎么早先没有想到呢？这是吉普赛人弗朗兹的手迹，他过去在留在庄园房间里的绝命书上曾经看到过……

他们现在走在一条狭隘的小路上，两旁是被五点钟的斜阳照亮的雏菊和干草。莫纳已经目瞪口呆，还不明白这些事对他来说是何等的糟糕。他看信，因为她要他看。信里的语句充满孩子气，情意悱恻，悲怆动人……最后一封信里有如下一段：

……啊！你把小心肝弄丢了，不可饶恕的瓦朗蒂娜啊！我们将会出什么事呢？当然，我并不是信迷信的……

莫纳看着，看着，因懊悔和恼怒而有点失去了理智了。他呆若木鸡、脸色苍白，眼皮下面的肌肉颤抖着。瓦朗蒂娜看到他这般神情十分担忧，瞧瞧他看到哪里了，究竟哪些话使他如此生气。

“那是一只首饰，”她很快地解释，“他给我时要我发誓永久珍藏不丢失。那是他疯癫的思想。”

但她这话只能对莫纳火上加油。

“您疯了！”他一边说一边把信件塞在口袋里，“为什么还要重复这些话？为什么始终也不肯相信他？我曾经认识他，他是世界上最好的男孩子！”

“您曾经认识他？”她激动极了，说，“您曾经认识弗朗兹·德加莱？”

“他是我最好的朋友，他是我一起游历的兄弟，而现在我却抢了他的未婚妻！”

“啊！”他接着恨恨地说，“您给我们造成了多少痛苦啊！您什么也不肯相信。您是罪魁祸首。是您把一切都搞糟了！搞糟了！”

她想要跟他说话，拉他的手，但是他粗暴地把她推开：“滚开，让我独自一个人。”

“那好吧。”她满脸通红，结结巴巴，泪水盈眶，说，“既然如此，我真的走了。我和我姊姊将回布尔日家里去了。如果您不回来找我，您知道，是吗？我父亲很穷养不起我，那么我再到巴黎去，我将像过去做过的那样在马路上逛荡，我肯定要变成一个堕落的女人，我现在已经没有职业了……”

她就走开拿上包裹乘火车去了，而莫纳甚至没有看着她动身，而径自盲无目的地行走。

日记又停了。

接下去的又是信件的草稿，一个进退维谷、茫然不知所措的人的信稿。莫纳回到拉费泰·当齐荣以后，写信给瓦朗蒂娜，表面上表示决心再也不愿见她了，并且告诉她确切的理由，但实际上可能是想她给他回信。在有一封信中，他还向她提了一个在他心绪烦乱之际他甚至没有想到首先应该问她的问题：她是否知道踏破铁鞋无觅处的庄园究竟在哪里？

在另一封信中，他求她和弗朗兹·德加莱言归于好，他可以负责把弗朗兹找回来……我看到草稿的这些信件大概都没有寄出。估计他写过两三封信，但从来没有收到回信。这段时期是他斗争最烈、内心最苦的时期，他完全与世隔绝了。想重逢伊沃娜·德加莱的希望已经不复存在，他大概慢慢地感到他铁一般的决心正在动摇。根据接在下面的几页纸——他最后的几篇日记——我想象他一定在假期开始一天早晨租了一辆自行车到布尔日去参观教堂去了。

他是天蒙蒙亮就出发的，走的是右边树林之间那条美丽的公路，路上他编造出千百种借口以便不提出讲和而能够不失身份地出现在被他赶走的女人的面前。

最后的四页，我把它们串在一起，讲述了这次旅行和最后又犯下的错误……

第十六章　秘密（完）

八月二十五日。在布尔日的另一端，新郊区的边缘，他经过长时间的寻觅，终于找到了瓦朗蒂娜·勃隆多的家。一个妇女——瓦朗蒂娜的妈妈——在门外好像在等他。她长着张家庭主妇的脸，虽然显得迟钝而且有皱纹，但还是很美。她惊奇地瞧着他走来，等到他问她："两位勃隆多小姐是不是住在这儿？"她和气而热心地向他解释："她们八月十五日就回巴黎去了。"

"她们不要我告诉别人她们上哪里去了，"她接着说，"但是按老地址写，信能转到她们手里。"

他推着自行车往回走，穿过花园，心里想：

"她走了……一切按照我的意愿结束了……是我逼着她这么做的。她说过：'我肯定要变成一个堕落的女人。'是我把她往火坑送的！是我使弗朗兹的未婚妻堕落的！"

他极轻声地、发疯似的自言自语："太好了！太好了！”心里相反认为这件事“糟透了”！在那位妇女看来，他在到达铁栅栏门之前，一定会两只脚被绊住，和膝倒下。

他并不想吃饭，不过到了一家咖啡店里停了下来，从那里给瓦朗蒂娜写了一封长信，其目的光是为了叫喊几声，为了把自己从窒息的绝望的喊声中解脱出来。他在信中没完没了地重复："您竟然！……您竟然！……您竟然肯那么干！您竟然就这么使自己堕落！”

他身旁有些军官在喝酒。其中一人在高声地讲一个女人的故事，别人可以听到片言只语："……我跟她说您应该认识我……我每天晚上都和您丈夫一起做伴玩！”其余的人嬉笑着，转过头来，在长凳后面吐痰。莫纳脸色苍白、满面尘垢，像个乞丐似的瞧着他们。他想象这些人把瓦朗蒂娜搂在他们的膝盖上。

他骑自行车在大教堂四周转了好长时间，一股劲儿自言自语："总之我到这里是为看大教堂来的。”从所有街道的尽头，从无人的广场上，人们看到这教堂高高耸立，冷若冰霜。这些街道很窄，脏得像围着乡村里的教堂的小巷。这里和那里都看得到可疑的房屋的招牌——一盏红灯笼[1]……莫纳像古代人一样躲在大教堂边的拱扶垛下，感到在这个肮脏、下流的地区里，他的痛苦消失了。他产生

1 红灯笼是妓院的标志。

莫纳脸色苍白、满面尘垢，像个乞丐似的瞧着他们。
他想象这些人把瓦朗蒂娜搂在他们的膝盖上。

了一种农民般的惧怕情绪，对城市中这座教堂发生反感。在那儿，各种各样的邪恶雕刻在阴暗处；教堂本身就是建立在罪恶的地区之中，连对最纯洁的爱情的痛苦也毫无解救的办法。

有两个女人正好搭背勾肩走过来，毫不羞耻地朝他看。也许是瞧不起她们，也许是要戏弄她们，也许是为自己的爱情报复或者为了糟蹋它，莫纳骑着自行车慢慢地跟着她们。其中之一，稀稀拉拉的几根棕发往后梳着，打了个发髻，向他提出六点钟在教堂区的花园里幽会。从前弗朗兹在他的一封信里也是约可怜的瓦朗蒂娜在这座花园里会晤的。

他没有说不。但他明知道到这时候他早就离开这座城市了。而她却在倾斜的街上，从低矮的窗子里向他做了好长时间模模糊糊的手势。

他匆忙地要上路了。

出发之前，他抵挡不了再到瓦朗蒂娜屋前最后去一次的忧郁的念头。他睁大眼睛，看到的是满目凄凉。这是郊区最边上的一幢房屋，街道到了这儿成了公路……正面是一片空地，形成一个广场。窗口、庭院和别处都没有人影，只有一个肮脏的涂脂抹粉的女人拖着两个衣衫褴褛的男孩沿墙而过。

瓦朗蒂娜的孩提时代就是在这里度过的，她就是在这里开始用她信任的、听话的眼光注视外部世界。她曾经在这些窗后劳动、缝纫。弗朗兹来到这里，在这条郊区的街上看望她，向她微笑。但现在人去屋空，什么也没有了……悲惨的下午还在继续，而莫纳光知道在同一下午，瓦朗蒂娜在某处，举目无亲，只能凭借自己的回忆看到这个忧郁的广场，她永远也回不到那里去了。

现在他剩下来要做的事是长途旅行，以便回转家园。这是他用以对付自己痛苦的最后的办法，也是他全身陷入新的痛苦之前的最后一次强制性的消遣。

他走了。在公路两旁的山谷之中、在树林之中或水边湖畔，悦目的农舍露出它们尖尖的、装有绿色网纱的鸽棚，那边草坪上，姑娘们很可能正在专心致志地谈论爱情。人们可以想象那儿有生灵，美好的生灵……

但是此时对莫纳来说只存在着一个爱情。这个爱情并没有得到满足，相反，刚才还遭到人们残忍的践踏。所有姑娘中那个他本来应该加以保护和拯救的年轻的姑娘，刚才却被他送上了堕落的道路。

几行匆匆写就的日记还使我了解到他订了一个计划，要不惜一切代价及时把瓦朗蒂娜找回来。页底角落上的一个日期使我明白这就是莫纳太太为他做准备的那次长途旅行；正在这时，我到了拉费泰·当齐荣，结果把一切计划都打乱了。八月底的一天早晨，莫纳在无人居住的镇公所里，写下了他的回忆和计划。正在这时，我推门而入，给他带来了他已经不再指望的重大消息。他被原来的这场经历所牵制、所左右，什么也不敢做，什么也不敢说。于是开始了内疚、懊悔和痛苦，有时它们被压了下去，有时则占了上风，这样一直拖到新婚之日。那天吉普赛人在杉树林中的叫声戏剧性地使他想起他年轻时代所发下的第一个誓言。

还是在这份每月作业本上，他还匆忙地写了几笔。那是在黎明时，他离开一天来成了他妻子的伊沃娜·德加莱——离开是征得了她的同意的，但结果成了生离死别——之前写的。

“我走了。我必须找到昨天到杉树林来，但已经骑自行车东去的两个吉普赛人的踪迹。只有当我能把结为夫妇的弗朗兹和瓦朗蒂娜带回来，并把他们安置在‘弗朗兹之屋’后，我才能回到伊沃娜身边。

“万一我不能回来，这本手稿——我开始把它当作秘密日记，但后来成了我的忏悔录——将归属我的朋友弗朗索瓦·索雷尔所有。”

他大概匆忙之中把本子塞到别的本子下面去了，锁上原来当学生时用的小箱子，然后出走了。

尾声

韶华流逝。我失去了重见挚友的希望。在农村小学里过的日子是很忧郁的，在空旷无人的房屋里过的日子则更为凄凉。弗朗兹在我约定的日子没有来赴约，另外，我的姨婆穆内瓦尔早就不知瓦朗蒂娜的住处了。

不久后，萨勃劳尼埃唯一的乐趣就是人们救下的小姑娘。九月底，已经可以看出她将是个健壮和美丽的小姑娘。她快满一周岁了。她拽着椅子的横档，一个人推着走，还试着独立走路，不管是否会摔跤。有时她当当地弄出声音，使这所被废弃的房屋里响着低沉的回声。当我把她抱在怀里，她怎么也不能忍受我的亲吻。她一边咯咯地笑，一边挣扎着，用她张开的小手把我的脸孔推开，样子既怕生，又魅人。从她的高兴劲中，从她孩子的粗暴劲中，好像她将用她的全部的快乐和孩子的强力来驱散笼罩着整幢房子的郁悒的情绪。我有几次自言自语："尽管她对我这么怕生，难道她不有点像是我的孩子吗？”可老天爷又一次另外做了安排。

九月末的一个星期天的清早，甚至在照管小女孩的农妇到来之前，我就起床了。我打算偕同圣·伯努瓦的两个人以及雅斯曼·德卢什一起到歇尔河去捕鱼。周围村里的人经常和我这样说定去干偷猎的勾当：钓鱼，夜里撒禁止使用的渔网。整个夏天，每逢假日我们就去，拂晓出发，到中午才回来。这差不多是这些人的营生。至于我，这也是我唯一消磨时间的办法。只有这种历险才能使我回想起从前鲁莽的行为。最后，我对这种远足，这种沿着河或蹲在池塘边的芦苇中长时间的捕鱼活动发生了兴趣。

因此那天早晨我五点半就已经在屋前，到了一所小的敞棚下面。敞棚靠着的一垛墙，把萨勃劳尼埃英国式的花园和农场的花园隔开。上星期四我把鱼网团作一堆，扔在这里，现在正想法理出头绪。

天还没有大亮，只透出九月晴朗早晨的曙光；我正在那儿匆匆忙忙整理工具，敞棚有一半尚浸沉在黑暗之中。

我一声不响地忙乎着，蓦地听到栅栏门开了，一个脚步声踩在沙砾地上。

“喔！喔！”我自言自语，“这帮人已经来了，比我预计的要早。我还没有准备就绪呢！……”

但进来的人我不认识。我所能辨清的，是一个打猎人或偷猎人打扮的满脸络腮胡子的大汉子。他不像别人。别人都知道我万一有约会，一定会在敞棚里；他并没有过来找我，而是直接走向楼房的进门处。

我心想：“好啊！他一定是他们的朋友，他们邀请了他而没有向我提起，现在却又把他派来打前站了。”

那人轻轻地、不出声地拨动门闩。但我出来之后把它闩上了。他在厨房的进口也照样做。然后，他犹豫了一会儿，向我转过来；半明的光线照亮了他忧心忡忡的面庞。只是到了这个时候我才认出是大个儿莫纳。

我好一阵子呆在那儿，惊慌而又绝望。他的回来勾起我万种心酸。他那时已经走到房子后面不见了。他绕了一圈，又回出来，踟蹰不前。

这时，我向他走去。我一言不发，只是抱着他呜咽起来。他马上明白了：

“啊！”他简短地说，“她死了，是吗？”

于是他伫立在那儿，呆若木鸡，什么也听不见，样子吓人。我拽住他的胳膊，慢慢地把他引向房屋。现在天已大亮，为了使最伤心的事早一点过去，我立即让他登上通向死者卧室的楼梯。他一进门就在床前双膝跪下，两臂捂着脑袋，好久好久。

他最终站了起来，目光呆滞，跌跌撞撞，不知道自己身在何处。我总是拽着他的胳膊引着他，打开连接这个房间和小女孩卧室的房门。她已经自己醒来——那时她的保姆在楼下——而且自作主张坐在摇篮里了。我们正好看到她的头冲着我们，露出惊异的脸色。

“这就是你的女儿。”我说。

他惊跳了起来，看着我。

然后他抓住她，把她抱到自己的怀里。开始他看不清楚，因为他在哭。为了使自己从感情冲动和哗哗流的泪水中略为解脱一些，他一边把坐在他右臂上的女儿贴得紧紧的，一边低着脑袋，转向我说：

“我把他们两个找回来了……你待一会儿到他的房屋去看看他们。”

果然一会儿以后，当我沉思地、几乎是幸福地走向伊沃娜·德加莱过去给我看时是无人居住的“弗朗兹之屋”时，我远远瞥见一个带皱领的年轻主妇正在屋外打扫，她惹得好些穿着节日服装去做弥撒的小牧童十分好奇和异常兴奋。

这时候，小姑娘因为老被这样压迫着，开始不耐烦了。莫纳正歪着头以便掩饰和止住眼泪，还是不去看她，她就用小手在他胡子拉碴和湿润的嘴上用力打了一下。

这下，父亲把女儿举得高高的，伸直手臂，让她在上面跳，笑眯眯似的看着她。她满意了，鼓起掌来……

我稍微后退一步以便看得更清楚些。我有点失望但又十分惊奇，明白这小姑娘实际上正是令人难以捉摸地在等待一个伴侣，现在终于等到了。大个儿莫纳留给我唯一的快乐，是他能回来把她接走。

此时我已经在想象：夜阑人静，他把女儿包在一件大衣里，同她一起出发去开始新的历险。

此时我已经在想象：夜阑人静，他把女儿包在一件大衣里，同她一起出发去开始新的历险。

译后记

本书作者阿兰·傅尼埃，原名亨利·傅尼埃（Henri Fournier），一八八六年十月三日生于法国歇尔省拉沙佩勒－当日永（la Chapelle-d'Angillon），父母亲都是小学教师。一八九一年十月，傅尼埃的父母被调到埃比讷伊（Epineuil，即小说中的圣·阿加特），五岁的小亨利就在父母任教的学校里上学，直至一八九八年。

一八九八年以后，亨利外出求学：一八九八年至一九〇一年在巴黎伏尔泰中学，以后在勃雷斯特（Brest）呆了一年。他酷爱文学，为了进入巴黎高等师范学校而在拉加那拉（Lakanal）中学读大学预科。

一九〇五年六月一日复活节，亨利在巴黎街上偶然遇见一位棕发姑娘扶着一位老太太走路。亨利对姑娘一见钟情，尾随着这一老一少，登上巴黎塞纳河上的游艇。十天以后，亨利又在电车上遇见这位姑娘，两人进行了交谈。

亨利告诉她自己的身世和今后的计划，也知道了姑娘名叫伊沃娜·德·纪埃弗古尔（Yionne de Quiévrecourt），平时住在土伦（Toulon）城，现在巴黎姑妈家度假。分手前，姑娘请亨利以后不要再相见了，但是亨利已经情魔缠身，身不由己，经常在姑娘的寓所附近去候她，不过始终没能再见上她一面。直至一九〇七年七月二十五日，他才从别人之口获悉伊沃娜已在半年前结婚了。

以后，亨利在上学、服兵役、当报社编辑的过程中仍旧念念不忘他那不可实现的爱情。经过长期的酝酿，他以阿兰·傅尼埃为笔名，写出了本书：一九一三年先在文学杂志上分四期连载，紧接着于十月份单独成书。著作出版后，作者还给他的恋人——那时已是两个孩子的妈妈了——寄去了一份。

一九一四年第一次世界大战爆发，八月一日亨利应召入伍，九月二十二日在执行侦察任务时中德军埋伏而战死，时年仅二十八岁。

本书自问世以来，一版再版，经久不衰，长期来已成为法国青年必读之物，被誉为“二十世纪法国最著名小说中的杰作”，研究它的论文连篇累牍，由法国和其他各国人士组成的阿兰·傅尼埃之友协会每年出版刊物，组织活动来纪念他们这位心爱的、年轻的文学家。现在小说已被译成英、德、日、西班牙、俄等多种语言，畅销全球；数度被改编成影视作品，广泛流传。

我要借中译文出版的机会，感谢埃比讷伊小学吕里埃（Lullier）先生热情引导我参观阿兰·傅尼埃的旧居；感谢作者的外甥阿兰·里维埃尔（Alain Riviere）先生在寓所热情地接待我，为我提供详细的资料。他们的帮助对我正确理解原文有极大的裨益。

李棣华

写于法国巴黎

译者 | 李棣华

李棣华，浙江绍兴人，法语教授，博士生导师，资深翻译家，法国“棕榈叶教育骑士”勋章得主。

早年毕业并任教于北京外国语学院，后进入上海外国语大学长期从事法语教学工作。

曾任上外法语系主任、联合国教科文组织译审、法国巴黎《欧洲时报》编译、国家教委高等学校外语专业教材编审委员会委员等职，主编《法语课本》第三、第四册。

经典代表译作有《美丽的约定》《磨坊之役》《美女王》《让我们步行回家吧》。获得中国翻译协会授予的“中国资深翻译家”荣誉称号。

编后记

李棣华先生的译本，系根据法文原文译出。译文流畅优美，字里行间展现出清新自然的少年气息。

本书法文书名为 *Le Grand Meaulnes*，中文译本原名为《大个儿莫纳》。

本书插画作者安德烈·迪尼蒙（André Dignimont）为法国画家、雕刻家，曾为《远大前程》《乱世佳人》等经典名著绘制插图。于 1942 年为《大个儿莫纳》创作 32 张插图，画作纯真质朴，打动无数读者。

本版原则上不对画家作品做删减，争取将迪尼蒙作品的原貌完整呈现给读者。

编者

策　划 | 大星
出　品 |

出品人 | 吴怀尧　周公度
邵　飞　胡云剑
版权所有 | 大星文化
产品经理 | 戴婧瑶
美术编辑 | 董亚茹
封面绘图 | [俄] Ksenia Kopalova
内文插图 | [法] André Dignimont　梁　星
特约印制 | 吴怀舜

投稿邮箱 | dxwh@vip.126.com
渠道合作 | 021-60839180
官方微博 | @大星文化　@中国作家富豪榜
作家榜官方网站 | www.zuojiabang.cn
作家榜官方微博 | @中国作家富豪榜（每天都在免费送经典好书）

作家榜官方微博
经典好书免费送

图书在版编目（CIP）数据

美丽的约定 / (法) 阿兰·傅尼埃著；李棣华译
. -- 杭州：浙江文艺出版社，2020.9
（作家榜经典名著）
ISBN 978-7-5339-6183-1

Ⅰ. ①美… Ⅱ. ①阿… ②李… Ⅲ. ①长篇小说－法国－现代 Ⅳ. ①I565.45

中国版本图书馆CIP数据核字(2020)第142042号

责任编辑：陈园
文字编辑：王挺

[法] 阿兰·傅尼埃 著　李棣华 译

全案策划
大星（上海）文化传媒有限公司

出版发行
浙江文艺出版社 [www.zjwycbs.cn]
杭州市体育场路347号　邮编 310006
浙江省新华书店集团有限公司 经销
杭州长命印刷有限公司 印刷

2020年9月第1版　2020年9月第1次印刷
889毫米×1194毫米　32开本　10.875印张
印数：1－8000　字数：192千字
书号：ISBN 978-7-5339-6183-1
定价：49.80元